Bring Home:
브링홈
아버지의 땅

본문 내 이미지는 스파이 카메라로 몰래 찍은 영상이 포함되어 있어 다소 해상도가 떨어지는 이미지가 있더라도 양해해주시기 바랍니다.

Bring Home:
브링홈
아버지의 땅

원작 텐진 체탄 초클리 | **글** 박지완

가연

66 이 다큐멘터리는
티베트 독립투쟁에 관한 이야기도 아니며
불교적 가르침에 대한 이야기도 아닙니다.
한 아들이 돌아가신 아버지에게 고향을 찾아주는 긴 여정의
기록이며 그 과정에서 모든 티베트 망명자들에게 조국을
선물하는 이야기입니다.
지금부터 한 아들의 간절한 기도가 시작됩니다. 99

프롤
로그

"죽기 전에 고향 땅 한 번 밟아보았으면 소원이 없겠다."

모든 것은 아버지의 소원에서 시작되었다. 말기 암을 선고받은 아버지는 두고 온 고향에 대한 그리움을 그렇게 표현했다. 하지만 아들 릭돌은 아버지의 죽음을 막을 수도, 간절한 마지막 소원도 들어드릴 수도 없었다. 그저 아버지의 고향 이야기를 묵묵히 들을 뿐.

아버지가 돌아가신 후에도 자신이 할 수 있는 일이 아무것도 없었다는 사실은 그의 머릿 속을 떠나지 않았다. 아버지의 마지막 소원을 생각하며 잠 못 들던 어느 날, 아버지처럼 고향 티베트를 떠나온 사람들이 같은 소원을 가졌다는 것을 깨닫고 아이디어를 떠올린다.

바로 티베트에서 20톤의 흙을 가져와서 티베트 망명자들이 모여 사는 '리틀 티베트' 인도 다람살라에 옮겨두고 그 위를 걷게 해주겠다는 것이었다.

그를 향해 많은 사람은 모두 어려운 일일 것이라고 만류했다. 하지만 친구인 영화 감독 텐진과 네팔의 소꿉친구 톱텐은 할 수 있다고 했다.

릭돌은 그 둘의 응원에 힘을 얻어 곧장 네팔로 함께 날아가 자신의 아이디어를 실행에 옮기고자 한다.

하지만 예상한 것보다 더욱 많은 일이 그들을 기다리고 있었다. 단순히 흙을 가지고 오겠다던 순수한 의도는 몇십 개의 국경 초소를 넘을 때마다 새로운 난관에 부딪혔다. 몇 번의 고비와 목숨을 걸어야 할 만큼 위험한 순간들을 겪은 후, 흙은 첫 국경을 넘었다.

흙이 지나온 과정은 실제 티베트 난민들이 고향을 등지고 떠나올 때의 여정과 크게 다르지 않았다.

그리고 마침내 끝까지 마음을 놓을 수 없었던 전시회 당일, 수많은 난민이 고향 땅을 처음으로 만져보기 위해, 다시 밟아보기 위해, 엎드려 절하기 위해 모여들었다. 그리고 그곳에서 그들은 서로 연결되어 있다고 느꼈다. 다시 고향에 돌아가겠다는 의지를 다지고, 동시에 고향에 돌아갈 수 없는 아픔을 함께 달랠 수 있었다.

한 청년이 아버지를 그리며 떠올린 하나의 아이디어가 수많은 난민과 함께하는 위대한 작품이 되었다. 그리고 그의 친구는 이 모든 과정을 카메라 담아 하나의 영화로 완성시켰다.

자신이 태어난 나라에서 주권을 가지고 산다는 것, 고유의 언어가 있고 문화를 지키며 살 수 있다는 것을 당연하게 여기는 우리들에게 이 영화는 질문을 던진다. 나는 누구이고, 나의 뿌리는 어디이며, 또 이곳에서 어떻게 살아갈 것인가.

이 영화와 영화에서 담을 수 없던 뒷이야기들을 이곳에 적어보기로 한다.

TENZING RIGDOL
Nya-ki Mi-key Mandala
2008 USA
Acrylic on canvas
136 x 134 cm (53 ½ x 52 ¾ in)
Courtesy of the Artist and Rossi & Rossi

TENZING RIGDOL
Obama Mandala: Mandala of Hope
2008 USA
Acrylic on canvas
136 x 134 cm (53 ½ x 52 ¾ in)
Courtesy of the Artist and Rossi & Rossi

TENZING RIGDOL
Updating Green Tara
2010 USA
Watercolour, pastel and scriptures on paper
121.9 x 94 cm (48 x 37 in)
Courtesy of the Artist and Rossi & Rossi

TENZING RIGDOL
Red is a Box
2011 USA
Acrylic on canvas
111.8 x 114.3 cm (44 x 45 in)
Courtesy of the Artist and Rossi & Rossi

TENZING RIGDOL
Buddha/Mao-padda
2010 USA
Watercolour with pen and scripture
28.5 x 75.5 cm (11 ¼ x 29 ¾ in)
Courtesy of the Artist and Rossi & Rossi

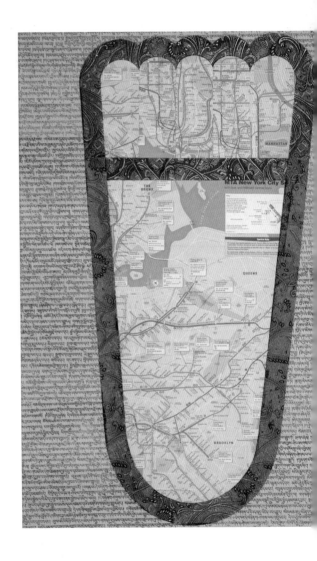

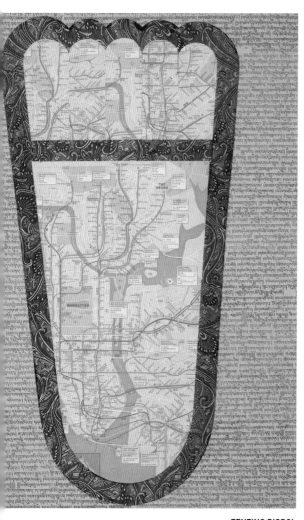

TENZING RIGDOL
My Exilic Experience
2011 USA
Subway maps, fabric and scriptures
Each panel: 91.5 x 61 cm (36 x 24 in)
Courtesy of the Artist and Rossi & Rossi

TENZING RIGDOL
Kirti - From the Ashes of Agony
2011 UK
Acrylic on canvas
200.5 x 529 cm (79 x 208 ¼ in)
Courtesy of the Artist and Rossi & Rossi

TENZING RIGDOL
Journey of my Teacher
2011 USA
Collage, silk brocade and scripture
200 x 200 cm (78 ¾ x 78 ¾ in)
Courtesy of the Artist and Rossi & Rossi

TENZING RIGDOL
A Ripple in Time #1 Lost
2013 USA
Acrylic on paper
Diameter 50 cm (19 ¾ in)
Courtesy of the Artist and Rossi & Rossi

TENZING RIGDOL
A Ripple in Time #2 Cost
2013 USA
Acrylic on paper
Diameter 50 cm (19 ¾ in)
Courtesy of the Artist and Rossi & Rossi

TENZING RIGDOL
A Ripple in Time #3 Rise
2013 USA
Acrylic on paper
Diameter 50 cm (19 ¾ in)
Courtesy of the Artist and Rossi & Rossi

TENZING RIGDOL
A Ripple in Time #4 Exit
2013 USA
Acrylic on paper
Diameter 50 cm (19 ¾ in)
Courtesy of the Artist and Rossi & Rossi

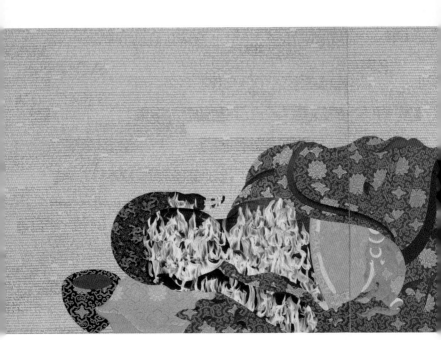

TENZING RIGDOL
Alone, Exhausted and Waiting
2012 USA
Collage, silk brocade and scripture
122 x 396 cm (48 X 156 in)
Courtesy of the Artist and Rossi & Rossi

TENZING RIGDOL
On a Distant Land
2014 USA
Collage, silk brocade and scripture
203 x 122 cm (80 x 48 in)
Courtesy of the Artist and Rossi & Rossi

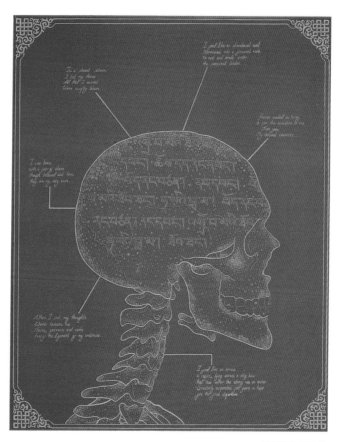

TENZING RIGDOL
This, That and Beyond
2014 USA
24k gold on treated canvas
76 x 61 cm (30 x 24 in)
Courtesy of the Artist and Rossi & Rossi

TENZING RIGDOL
Riders on the Storm
2014 USA
Collage and silk brocade
122 x 122 cm (48 x 48 in)
Courtesy of the Artist and Rossi & Rossi

TENZING RIGDOL
The 14th Dalai Lama
2014 USA
Collage
122 x 122 cm (48 x 48 in)
Courtesy of the Artist and Rossi & Rossi

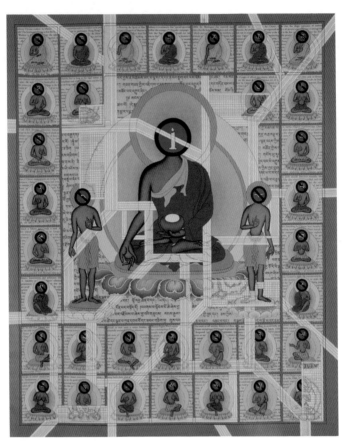

TENZING RIGDOL
Identity
2015 USA
Acrylic and collage on paper
71.4 x 47.5 cm (28 x 18 ¾ in)
Courtesy of the Artist and Rossi & Rossi

TENZING RIGDOL
Match Stick
2012 USA
Epson ink-jet print on semi-gloss paper
35.5 x 33 cm (14 x 13 in)
Courtesy of the Artist and Rossi & Rossi

TENZING RIGDOL
Landscape
2015 USA
Acrylic on canvas
178 x 453 cm (70 ¼ x 178 ½ in)
Courtesy of the Artist and Rossi & Rossi

차

례

텐진 Tenzin
체탄 초클리 Tsetan Choklay

영화 〈브링 홈: 아버지의 땅〉의 감독은 텐진 체탄 초클리 (이하 감독 텐진)로, 퍼포먼스 주인공 텐징 릭돌의 어릴 적 친구다. 어릴 때 헤어진 후 두 사람은 뉴욕에서 15년 만에 다시 만났고, 프로젝트에 대한 이야기를 듣자마자 감독 텐진은 이 과정을 기록으로 남기기로 하고 합류한다. 감독 텐진 역시 티베트 출신으로 현재 뉴욕을 기반으로 영화 작업을 하고 있다.

감독 텐진은 한국에서 자신의 영화를 개봉하는 것이 커다란 기쁨이라고 말한다. 그는 이미 한국과 인연이 깊다. 그는 이렇게 얘기한다.

"이렇게 한국어 내레이션으로 이 영화가 개봉하게 된 인연에 대해 이야기하기 위해서는 나와 한국의 인연에 대해 먼저 얘기해야 한다.

　나는 인도에서 태어나고 자랐는데, 고등학교를 졸업하고 영화를 만들겠다고 마음먹은 후, 영화 학교에 들어갔다가 뭄바이에서 1년, 다시 델리로 가서 티베트 영화 〈꿈꾸는 라사〉를 만드는 프로덕션에서 일했다. 이후 2005년 부산국제영화제에 AFA라는 멘토십 프로그램이 생겼는데 아시아의 젊은 영화인들에게 몇 주 동안 영화 만들기에 대한 수업을 하는 프로그램이었다. 유명한 아시아 영화감독들의 지도를 받을 수 있는 좋은 기회였다. 나는 이 프로그램에 지원했고 운이 좋게 24명에 뽑혔다. 그해 10월, 델리에서 출발해 인천에 도착했을 때 사실 한국에 대해 아는 것이 거의 없었다. 하지만 그때가 아주 오랫동안 특별하게 이어진 한국과 처음 인연을 맺은 시기라고 할 수 있다.

그 프로그램 마지막 과정에서 나는 한국영화아카데미에서 공부할 수 있는 장학생으로 뽑혔다. 그래서 2006년에는 한국영화아카데미에서 한국어로 된 수업을 이수할 수 있는 정도의 한국어를 배우기 위해 고려대학교 언어교육원을 6개월 정도 다녔다.

2007년 1년 동안 한국영화아카데미 연출과에서 6명의 동기들과 영화를 만들고 공부했다. 과정 자체는 매우 집중력이 필요한 시간이었지만 할 수만 있다면 그곳에 더 머물고 싶을 만큼 그 시간들은 매우 알찼다. 과정을 마치고 다음해엔 다시 인도로 돌아가 티베트-인도 영화 프로덕션에서 일했다.

그 후 뉴욕에 가서 릭돌을 만났고 그와 함께 네팔로 건너가 그의 프로젝트를 기록했다. 다시 뉴욕에 돌아와보니, 내가 기록해둔 것들로 영화를 만들 수 있을 것 같았다. 어쩌면 처음부터 영화가 될 운명이었는지도 모르겠다. 지난한 후반 작업을 거쳐 (사운드 작업은 친구들의 도움을 받아 한국에서 했다) 영화가 완성된 후, 감사하게도 2013년 부산영화제에 이 영화가 초청을 받아 다시 한국과 나의 인연을 확인했다. 그 후 이렇게 한국에서 개봉까지 하게 되다니… 나와 한국의 인연이 어디까지 계속될지 기대가 된다."

텐징 Tenzing
릭돌 Rigdol

텐징 릭돌(이하 릭돌)은 미국 뉴욕에서 활동하는 티베트 현대미술가다. 그의 작품은 페인팅을 비롯해 조각, 드로잉과 비디오 설치 예술을 통한 디지털 미디어 아트 그리고 공간 설치 예술을 총망라한다. 그는 미국을 넘어 세계 여러 도시에서 그의 작품을 전시했으며, 뉴욕의 메트로폴리탄 미술관을 비롯한 주요 미술관과 컬렉션에서도 초청을 받았다.

영화에서도 확인할 수 있듯, 런던에서 열린 그의 전시 〈아름다움에 깃든 어둠(Darkness into Beauty)〉에 걸린 그의 작품들은 한눈에도 그가 티베트 출신이라는 것을 알려준다. 릭돌은 그의 과거, 부모 세대의 과거, 조국의 과거에서 영향을 받았고, 자신 역시 티베트 역사의 산물이라고 한다. 따라서 자신의 정체성이 자신의 작품에 자연스럽게 반영될 수밖에 없다고 설명한다.

텐징 릭돌은 1982년 네팔 카트만두에서 태어났다. 부모님은 모두 티베트 출신으로 1959년 달라이 라마가 라싸를 탈출할 때 티베트를 떠나온 망명자다.

릭돌은 네팔에서 티베트의 모래 페인팅과 전통 버터 조각 그리고 불교 철학에 대해 광범위하게 공부했다. 2003년 티베트 전통 탕카 페인팅 학위를 받고 2005년 미국 콜로라도 대학에서 페인팅과 드로잉 미술학사와 미술사 학위를 받았다. 또 릭돌은 시인이기도 하여 티베트 라이트(Tibet Writes)사에서 세 권의 책을 발간했다. 릭돌은 현재 뉴욕시의 퀸스에서 지내며 작업을 이어가고 있다.

그의 이름이 더 많이 알려지게 된 것은 영화 〈브링 홈: 아버지의 땅〉의 주요 내용인 2011년 다람살라에서 한 〈Our land our people〉이라는 작품 때문이다.

"티베트 말로 명상은 '곰'이라고 합니다.

'곰'이란 단어는 수행이라는 뜻이고요. 오랜 시간 수행하다 보면 노력 없이도 원하는 사람이 될 수 있다는 거죠.

예술가는 정직해야 하고, 정직한 표현은 생각과 감정에서 나오죠. 또 방법적인 면에서는 그 대상을 시간을 가지고 바라보면서 그 주제를 표현할 방법들을 찾아갑니다."

TENZING RIGDOL
Match Stick
2012 USA
Epson ink-jet print on semi-gloss paper
35.5 x 33 cm (14 x 13 in)
Courtesy of the Artist and Rossi & Rossi

예술가의
정체성

릭돌의 부모님은 티베트에서 태어났지만 중국의 침략으로 피난을 나오게 되었다. 그의 부모는 인도에서 공부를 하고 네팔에 정착해 릭돌을 낳았고, 후에 미국으로 정치적 망명을 하게 된다.

릭돌의 부모님이 티베트를 탈출한 그 시기부터 지금까지 약 120만 명의 티베트 사람들이 박해와 탄압, 그리고 기아로 사망했다.

"티베트에는 표현의 자유가 없습니다. 중국 정부에 대한 비판 같은 걸 입에 담거나 암시하기만 해도 투옥되거나 사형당하죠. 본인뿐 아니라 가족과 친구들도 고문을 당하고요. 티베트의 언어, 문화, 관습까지 공격하고 있죠.

티베트라는 나라를 없애기 위한 조직적인 말살 정책이라고 할 수 있죠."

더 많은 이들이 시위를
계속 하고 있습니다

티벳인 살상 중지!

TENZING RIGDOL
Brief History of Tibet
Acrylic on canvas
Unframed : 181.5x301cm(71 ½x118 ½ in)
Framed : 191x 305cm(75x121 ¼ in)
Courtesy of the Artist and Rossi & Rossi

고향 티베트에서 들려오는 소식들은 릭돌을 분노하게 하고 슬프게 하며, 동시에 그것은 그의 예술 활동에 큰 영감을 준다. 그의 작품들을 정치적으로 보는 사람들을 향해 릭돌은 그의 작품이 정직하다는 게 바른 표현이라고 고쳐준다.

"당연히 나의 과거, 부모님 세대의 과거, 조국의 과거로부터 영향을 받았으니까, 나는 티베트 역사의 산물이죠."

TENZING RIGDOL
Autonomy
2011
Collage, silk brocade and scripture
200x200cm(78 ¾ x78 ¾ in)
Courtesy of the Artist and Rossi & Rossi

릭돌에게 삶과 예술은 분리해서 생각하기 어렵고 또한 릭돌의 삶에서 조국 티베트를 분리해서 생각하는 것도 어려운 일이라고 말한다. 그에게 가장 간절한 것, 숨기려고 해도 어쩔 수 없이 드러나는 것, 그래서 자연스럽게 그의 정체성이 되어 작품에 반영되는 것이 그의 작품이다.

만다라해체주의 Mandala deconstructed

영화에 등장하여 시선을 사로잡는 그의 작품 중 〈만다라 해체주의〉 역시 그의 정체성이 반영된 것이라 볼 수 있다.

보통 불교신자들은 각자가 인생에서 원하는 것들의 만다라를 창조하려고 한다. 예를 들어 연민, 자비, 사랑, 평화 같은 것을 가지고 만다라를 만든다.

그러나 릭돌은 우리가 원하지 않는 것들의 만다라를 창조해야 한다고 생각했다. 그래서 우리가 물리쳐야 할 악을 가지고 이 만다라를 만들었다. 그 속에는 지구 온난화라든지, 이라크 전쟁, 9·11테러, 2008년 베이징 올림픽과 베이징에서 티베트까지의 철도 트랙들을 만다라에 포함시켰다. 그리고 티베트에서 태어난 티베트인들을 모셔와 만다라를 그린 모래 페인팅 위에서 춤을 추게 하고 릭돌이 생각하는 예술적인 방식으로 만다라 위에 그려진 모든 악을 맹렬하게 비난하고자 했다. 퍼포먼스가 진행되면서 춤추는 사람들이 발 아래서 만다라는 지워지고 해체된다.

TENZING RIGDOL
Obama Mandala: Mandala of Hope
2008 USA
Acrylic on canvas
136 x 134 cm (53 ½ x 52 ¾ in)
Courtesy of the Artist and Rossi & Rossi

티베트에
관하여

티베트의 역사와 지리적 상황

'세계의 지붕'(the Roof of the World)이라고 불리는 티베트 고원은 세계에서 10번째로 큰 영토이며 남한의 약 25배다. 중국에서는 시짱자치구(西藏自治區)라고 부르며, 행정구역은 라싸를 비롯해 나취(那曲) · 창두(昌都) · 산난(山南) · 아리(阿里) · 린즈(林芝) · 르카쩌(日喀則) 등 6개 지구, 1개 현급시(縣級市), 71개 현(縣)으로 이루어져 있다. 중국의 서쪽 끝에 있으며, 인도 · 네팔 · 부탄 · 미얀마 등의 국가와 맞닿아 있다.

한대(漢代)에는 산시(陝西) · 간쑤 · 쓰촨 지방에서 살았으며 저(底) · 강(羌)이라 불리던 유목민족은 티베트족으로 추정되는데, 그 당시부터 중국 서부 일대에 티베트족이 살고 있었던 것은 틀림없다. 7세기 초 중앙 티베트를 중심으로 토번(吐蕃)이 발흥하였으며 손챈 감포왕(王)은 티베트족을 통합, 통일국가를 형성하였다.

당시 당(唐) 태종(太宗)은 문성공주(文成公主)를 감포왕에게 시집보냈는데 그때 데리고 간 주조(酒造)·제지 등의 기술자에 의해 중국 문화가 전해졌다. 뿐만 아니라 티베트에 불교가 전파되고 티베트 문자가 제정된 것도 이 시대다. 그러나 842년 다르마왕(王)이 죽은 뒤 국내의 내분, 봉건 제후의 할거 등으로 다툼이 일어나 400년 동안 혼란이 계속되었다.

1253년 원(元) 헌종(憲宗) 몽케칸은 군대를 파견해 티베트 전역을 장악하고 선위사(宣慰使)를 두었다. 또 세조(世祖) 쿠빌라이는 티베트 라마교(사캬派)의 고승 파스파를 중

BEIJING ■

CHINA

BET

LHASA

출발
두 경유

용하여 황제의 스승으로 임명하였다. 그 후 티베트에서는 정교합일적(政敎合一的) 지배체제가 확립되었고 명(明)·청(淸) 시대에는 중국의 종주권 밑에 라마교의 지배자가 정치적 지배권도 함께 가지게 된 계기가 되었다.

청대 초기에는 라마교 황모파(黃帽派)가 지배권을 장악하였으며 청 태조(太祖) 누르하치는 지배자에게 달라이 라마라는 칭호를 부여하였다. 그 뒤 달라이 라마와 판첸 고르드니(이 칭호는 淸 太宗이 내렸다)의 2대 활불(活佛:라마교의 수장)이 종교와 속세를 모두 지배하게 되었다. 또 건륭제(乾隆帝)는 달라이 라마의 권력기관으로 '가샤(티베트 지방정부)' 조직을 정하고 구루카족이 침략하자 군대를 파견해 이들을 물리쳤다.

그러나 18세기 후반부터는 영국이, 그 뒤를 이어 러시아가 티베트를 그들의 세력권으로 만들려고 활발한 공작을 벌였다. 제국 열강은 티베트 상류층의 일부와 결합해 티베트를 중국으로부터 떼어내려 했으나 실현되지 않았다. 신해혁명 후 국민당 정부는 1930년부터 관리를 파견했고 1934년에는 라싸에 멍짱(蒙藏) 위원회 주(駐) 티베트 사무소를 설치, 중국의 종주권을 유지했다.

제2차 세계대전 때 중립을 지킨 티베트는 종전 이후에도 독립정부를 구성하고 있었으나 1949년 중국 전역을 장악한 중공군이 이듬해 10월 티베트를 침공했다. 달라이 라마는 국제연합군의 개입과 영국의 지원을 기대했지만 모두 실패한 끝에 1951년 5월 중공의 종주권과 티베트의 자치권을 인정하는 17개항의 평화협정을 체결하는 한편, 라싸에 중공의 민간 주재 기관과 군사사령부를 설치하게 하고 시캉성(西康省) 창두 지구를 편입받았다.

그 후 중공군과 민간인을 유입해 자원 부담을 이유로 티베트인을 박해함으로써 1959년 라싸에서 대규모 반란이 일어났다. 이 반란으로 수많은 사람이 희생됐고 달라이 라마를 비롯한 많은 추종자가 히말라야를 넘어 인도로 망명했다. 이 사건과 함께 티베트의 귀족과 사찰의 재산이 몰수됐으며 공공 집회를 완전히 통제했다.

1989년에는 티베트와 관련된 많은 사건이 발행했는데, 1월 중국 정부에 우호적이고 달라이 라마(Dalai Lama)에 이어 서열 2위인 판첸 라마(Panchen Lama)가 사망하자 중국은 티베트에 대한 주요 통제수단을 잃게 되었다. 또 같은 해 3월은 1959년 티베트 봉기 30주기로 대규모 소요가 발생했는데 1989년 3월(천안문 사태 3개월 전)부터 1990년 4월까지 티베트에는 계엄령이 선포되었다. 같은 기간 중 소요로 인해 중국의 군 병력 및 치안 요원 600여 명이 사망했으나 티베트인의 피해는 알려지지 않았다.

2001년 1월 달라이 라마에 이어 서열 3위인 카마파 라마 (14세)가 인도로 월경했는데, 중국은 인도정부에 대해 카마파 라마의 망명을 허용할 경우 양국 관계가 악화된다고 경고했다. 외교적 마찰을 불러온 이 망명 사건 이래 중국은 티베트-네팔 국경 통제를 강화했다.

티베트의 자치독립운동은 달라이 라마가 이끄는 망명정부의 대유엔, 미국, 유럽 활동 등을 통한 국제적인 지원을 중심으로 이루어지고 있다. 특히 미국은 티베트 문제를 중국의 민주주의와 인권 문제에 포함시켜 미국의 대중국 정책에 반영하고 있다. 그러나 중국은 티베트 지역에 대한 영토주권 및 중국 내 기타 지역(신장, 내몽골 등)의 소수민족에 대한 영향을 고려해 기존의 강경 노선을 고수하고 있다. 또 달라이 라마와 대만 간의 접촉은 중국을 분열, 와해시키려는 음모로 규정해 무력 사용을 배제하지 않는다는 입장이다.

중국 정부에 대한 티베트의 저항운동은 중국 내에서 폭탄 테러 등의 유형으로 지속되고 있으나 전반적으로 그 저항 강도는 낮은 수준이다. 최근에는 승려들이 분신 자살을 함으로써 저항 의지를 보이는 반면 인도에 위치한 망명정부는 국제적으로 활발하게 노력하고 있다. 중국 정부가 국내 종교 세력의 정치 활동을 강력히 통제하고 있는 가운데 중국은 국내 문제에 간섭하는 국제적 움직임에 대해서는 강경한 태도를 취하고 있다. 이러한 현실적인 여건을 감안해 달라이 라마의 활동 방향도 최근 독립보다는 자치권 확대에 무게를 두고 있다.

중국과 티베트

"티베트에는 표현의 자유가 없습니다
중국 정부에 대한 비판 같은걸
입에 담거나 암시하기만 해도
투옥되거나 사형당하죠
본인뿐 아니라 가족까지
친구들도 고문을 당하고요
티베트 언어, 티베트 문화
관습까지 공격하고 있죠
티베트이라는 나라를 없애기 위한
조직적인 말살 정책이라 할 수 있습니다"

중국이 티베트를 포기하지 못하는 이유는 먼저 금강석과

마그네슘 등 70종이 넘게 매장되어 있는 천연자원 때문이다. 중국의 칭하이성과 라싸의 철도(2006년 7월)가 개통된 이후 주변에서만 2000만 톤의 구리와 1000만 톤의 납과 아연이 매장된 것으로 밝혀졌다.

지정학적 위치도 인도와 인접해 군사전략적 요충지일 뿐 아니라 무기 개발이 용이한 고원지대의 특성이 작용한다. 게다가 티베트 고원의 강에서 나온 물을 아시아 10억 인구가 마신다.

중국은 56개 민족으로 이루어진 다민족 국가다. 그중 한족이 90% 이상을 차지한다. 나머지 중국의 소수민족 중에는 자신들이 중국의 일부라는 사실을 인정하지 않는 민족이 있는데, 티베트 민족이 그중 하나다. 티베트 민족은 중국에서 여섯 번째로 큰 민족이며 티베트어를 쓰고 티베트 불교를 믿는다. 정치도 역사적으로 종교 지도자가 담당했다.

티베트 난민

티베트 사람은 왜 그곳을 떠나는가.

티베트 사람들은 중국 정부가 생각하는 티베트에 대한 비전과 발전상을 위해 그들의 정체성과 문화, 그리고 그들이 대대로 살아온 지역에 대한 권리를 거부당해왔다.

종교적인 억압

티베트인들은 그들의 종교를 자유롭게 공부하거나 표현하지 못한다. 정부의 강력한 제약으로 중요한 부처의 기념일을 축하하는 것도 제재당하고, 달라이 라마를 비난할 것을 요구하고 심지어 종교 활동조차 금지하고 있다.

티베트에 대한 중국의 경제 정책

티베트에 대한 중국의 경제 정책은 정치적인 이유를 바탕으로 한다. 티베트인들이 보는 티베트의 발전에 대한 것은 전혀 고려되지 않고 있다. 중국 정부는 그들의 발전 정책을 밀어붙이면서 티베트 지역으로 타 민족을 이주시켜 통합하여 더 큰 중국 시장으로 만들고자 한다. 그리하여 티베트인들이 자신의 땅에서 전통적인 생계와 방식에서 철저히 분리당한 채로 재이주하거나, 중국의 경제 정책에서 하찮은 존재로 밀려나게 되었다.

교육

오늘날 티베트에서는 티베트어 교육에 대해 떤 지원도 하지 않는 상태다. 국가적인 커리큘럼으로 티베트어는 유치원에서만 가르칠 수 있게 되어 있다. 그 결과 티베트인들의 교육 수준은 티베트 지역의 중국 사람들에 비해 매우 낮다. 지난 10년간 30퍼센트의 티베트 난민들이 어린이와 학생들이 티베트인으로 자라게 할 교육을 찾아서 난민이 된 이들이다.

정치적 억압

많은 티베트인이 체포되거나 정치적 박해를 피해 티베트를 떠나고 있다. 공산당 규칙에 거스르는 정치적 활동이 법률로 금지되어 있고, 중국 법에 따라 무겁게 처벌된다. 중국은 그러한 행동들에 대해, 아주 간단한 티베트인들의 정체성에 대한 주장도 중국으로부터 티베트를 분리하려는 분파주의라고 이름 붙이며 반대를 축소하고 반드시 당의 정책을 따르도록 만든다. 이러한 정치적 행동에 대한 처벌은 매우 길고 힘든 감옥형이나 신체적 학대를 수반한다.

티베트에서 살고 있는 티베트인들과 네팔로 가는 티베트인들의 정치적 상황

최근에도 약 2500명에서 3500명의 티베트인들이 위험을 무릅쓰고 히말라야를 넘어 인도로 가거나 네팔로 향한다. 하지만 2008년 3월에 시작된 비폭력 평화 시위에 대한 중국의 강력 탄압으로 2008년 652명의 난민만이 탈출에 성공했다고 한다. 불행하게도 네팔 내부 정책에 대한 중국의 영향력이 점점 커지면서 네팔에 있는 티베트인들의 상황은 점점 더 불안한 상태다.

14대 달라이 라마

"중국 정부는 내가 다른 많은 나라에게 티베트가 중국의 일부라고 말해주기를 바란다. 만약 내가 그 말을 설령 한다고 해도, 아주 많은 사람들이 그냥 웃고 말 것이다. 그리고 내 말 한마디가 지난 과거를 바꾸지 못한다. 역사는 역사다.

The Chinese government wants me to say that for many centuries Tibet has been part of China. Even if I make that statement, many people would just laugh. And my statement will not change past history. History is history."

중국 티베트 자치주의 통치자이자 티베트 불교 지도자이

며 정신적 지주인 달라이 라마 14세는 1935년 7월 6일 티베트 고원의 작은 마을 탁처에서 태어났다. 어린 시절 이름은 라모 톤드룹이다. 부모는 모두 티베트인이었으며 아버지는 상인이었다. 어린 라모가 두 살 때 달라이 라마 열세 살 때 명령을 받아 그를 찾아온 승려들에 의해 달라이 라마의 환생으로 인정받고 잠펠 가왕 롭상 예쉬 텐진 갸초라는 법명을 받았다. 그 후 네 살 되던 해 라싸의 포틸라궁으로 들어가 링 린포체 등 고승에게서 가르침을 받은 그는 1940년, 6세의 나이로 14대 달라이 라마가 되어 티베트의 지도자로 공식 인정받았다.

그로부터 10년 후인 1950년, 중국 공산당이 티베트를 침공하자 달라이 라마는 국제 연합(UN)에 티베트의 독립을 위한 지지를 요청하였다. 그러나 UN 회원국들의 외면

으로 티베트는 중국의 점령아래 놓였다. 1954년 달라이 라마는 중국을 방문하여 중국 정부 당국자들과 협상을 벌이지만, 오히려 중국의 강압으로 티베트 내 중국군의 주둔을 허가하는 17개 조항에 서명하고 만다. 이에 따라 중국 정부는 유목 민족인 티베트인들을 강제로 이주시키는 한편, 불교를 금지시키고 마오쩌둥의 공산주의 교육을 강요하는 등 폭력적인 지배를 가했다.

이런 중국 정부에 대항하여 티베트인들은 1950년 중국의 티베트 침공 이후 끊임없이 독립을 요구하는 봉기를 일으켰고 급기야 1959년 3월 10일부터 티베트의 수도 라싸에서 티베트의 독립을 요구하는 대규모 집회가 열렸다. 이에 중국군은 무력으로 시위대를 진압하여 3월 10일 하루에만 1만5000여 명의 티베트인을 사살하는 참극이 벌어졌다.

이 과정에서 중국군은 6000여 개의 불교 사원을 파괴했고 120만 명의 티베트인들을 학살했으며 10만 명이 넘는 티베트인들이 생활 터전을 등지고 이웃 국가로 망명길에 올랐다. 이때 더 이상의 인명 피해를 막고 독립운동을 지속하기 위해 달라이 라마가 선택한 방법은 망명이었다. 1959년 달라이 라마는 수백 명의 추종자들과 함께 히말라야를 넘어 인도 북부 다람살라에 망명정부를 세웠다.

인도로 망명한 후 인도 네루 수상의 지원을 받아 망명정부를 수립한 달라이 라마는 그때부터 지금까지 40여 년의 세월 동안 티베트 문화의 전통과 정체성을 지키기 위한 노력을 계속해왔다. 학교를 설립하고 1963년에는 헌법을 만들어 망명정부 내에 의회를 만들고 직접 선거에 의한 의회와 내각을 구성하는 등 민주주의 정부를 수립하였다. 한편 달라이 라마는 티베트가 독립할 경우에도 티베트 행정부는 민주적으로 운영되어야 한다고 생각하고 스스로 정치적 권한을 갖지 않겠다고 선언하였다.

티베트 독립을 위해 비폭력 평화 노선을 주장해온 달라이 라마는 망명 이후 계속해서 UN에 티베트 문제 해결을 위한 도움을 요청했다. 그 결과 UN은 1959년, 1961년, 1965년 세 차례에 걸쳐 중국 정부에 티베트의 인권과 자치권을 인정할 것을 촉구하는 결의안을 채택했다. 달라이 라마는 이러한 비폭력주의와 티베트 독립에 대한 헌신으로 1989년 노벨 평화상을 수상하였다. 이 외에도 막사이사이 상, 루스벨트 평화상 외 많은 인권 관련 상을 수상하는 등 국제적으로 그의 비폭력주의와 평화주의, 티베트 독립을 위한 노력은 널리 인정받고 있다.

달라이 라마는 티베트의 정신적 지주이자 티베트 망명 정부의 대표이며 세계적으로 존경받는 종교인이다. 그러나 스스로를 '단순한 승려 그 이상도 이하도 아니다'라고 규정하며, 평소에는 인도 다람살라의 작은 집에서 기도와 명상, 설법을 하는 승려의 삶을 살고 있다. 동시에 세계 각국을 돌며 티베트의 독립과 인권 보호, 세계 평화를 위한 활동도 펼치고 있다.

※ 티베트와 달라이 라마 본문 글은 두산백과, freetibet.org, savetibet.org에서 발췌한 내용입니다.

나의
아버지

릭돌의 부모님은 비록 망명자의 신분이었지만 그들에게는 아들 릭돌이 희망이었다. 아들은 미술에 재능을 보였다. 카 펫 디자이너였던 어머니에게 다방면의 훈련과 지도를 받은 릭돌은 어린 시절 어머니의 작업실 바닥에서 그림을 그리던 기억을 가지고 있다.

"어머니는 늘 제 작품을 감상하셨어요
아버지는 별말씀 없으셨지만 걱정하셨을 겁니다.
제가 미술 한답시고 인생을 낭비할까 봐요."

하나밖에 없는 아들이 가난한 예술가로 살게 되지 않을까 걱정하던 아버지였지만 또한 재능이 있는 아들에게 물감을 사준 사람도 아버지였다.

하지만 2009년의 어느 날, 천청벽력 같은 소식을 듣게 된다. 아버지가 시한부 암 진단을 받은 것이다. 그 이야기를 들을 때에도 아버지 곁에 있었던 릭돌은 이후에도 아버지 병상을 지켰다. 아버지 옆에서 그림을 그리기도 하고 책을 읽어드리면서 이야기를 나누었다. 아버지는 돌아가시기 전 어릴 적 이야기를 아들에게 들려주며 고향에 대한 그리움을 많이 표현하셨다.

티베트의 르호브라에서 태어난 릭돌의 아버지는 가족들이
모두 잉크를 만들어 수도원에 납품하는 일을 하셨다. 유난히
어린 시절에 잉크 만드는 법과 경전 인쇄하는 방법에 대한
기억이 떠오른다고 아들에게 말했다. 망명자 2세로 티베트
에 한 번도 가보지 못한 릭돌 역시 아버지의 목소리에서 고
향에 대한 간절함을 느낄 수 있었다.

하지만 아름다움으로만 기억되지는 않았다. 그의 어머니
는 여전히 중국이 침략했던 때의 기억이 생생하다고 말한다.
그렇게 살아남기 위해 티베트를 빠져나왔지만 티베트에서
가까운 네팔 국경 솔루쿰부에 머무르며 곧 돌아가기를 기다
렸다. 티베트가 곧 독립할 거라는 소문이 있었고, 그렇게 되

면 돌아가기 쉽게 가까운 곳에 머물고 싶었다. 하지만 3년이 지나서도 돌아갈 수 없게 되자, 부모님은 인도로 갔다. 그리고 결국 다시는 고향으로 돌아갈 수 없었다.

아버지는 미국으로 망명한 후에도 여전히 고향을 그려보았지만, 고향에서 아주 먼 곳에서 돌아가셨다. 망명자의 삶, 조국에 돌아가지 못하는 아픔을 참으며 살아온 아버지. 죽기 전에 꼭 한 번 돌아가보고 싶다고 하셨지만 그 소원은 이루어지지 못했다.

"한번은 이렇게 말씀하셨죠.
죽기 전에 한 번 돌아가고 싶다고.
하지만 저는 물론이고 누구도 도움이 되지 못했습니다.
살 날이 얼마 남지 않았으니까."

망명자로
산다는 것

사실 릭돌의 아버지와 같은 상황은 모든 티베트 난민들의
현실이다. 영구적으로 머물 곳이 없이 이곳저곳을 떠돌면서
살아가는 삶. 감독 텐진 역시 자신이 망명자로 살아간다는
사실을 깨닫는 순간에 대해 이렇게 얘기했다.

वातानुकूलित 2-टियर शयनयान
AC TWO TIER SLEEPER

"나는 인도에서 태어나고 자랐다. 스무 살 넘어까지 내 인생 대부분의 일들이 그곳에서 일어났고 그래서 인도를 사랑하는 이유를 말하라고 하면 1000개도 넘게 말할 수 있지만, 그것이 인도에서 티베트 난민으로 살아가는 일이 쉽다는 뜻은 결코 아니다. 우리 가족은 미국으로 이민 가기 전까지 국적 없이 인도에서 난민 자격으로 살고 있었다. 나

는 인도에서 태어났지만 인도 시민권은 없었다. 인도에서
사는 동안 우리는 '난민증명서'라고 부르는 서류를 가지고
있었는데, 모든 티베트 사람이 인도에 머물기 위해서는 매
년 이 서류를 갱신해야만 한다. 나는 내가 태어난 나라에서
도 여행자처럼, 잠시 머무는 방문객으로 여겨졌던 것이다.

다람살라에 있을 때 그 동네 경찰서에 가서 난민 증명서를 갱신한 기억이 난다. 아침 일찍부터 남녀 노소 불문하고 모인 한 무리의 티베트 사람들이 경찰서 밖에서 줄을 서서 인도인 직원들이 이름을 불러주어 얼른 안으로 들어가기를 기다리고 있었다. 그곳의 직원들은 자기 책상 앞에 앉아서 차를 마시고 수다를 떠느라 몇 시간 동안 나타나지 않기도 하고, 종종 하루 종일 나타나지 않다가 내일 다시 오라는 말만 하고 들어가버리기도 했다.

한번은 인도에 머물러도 된다는 도장 하나를 받기 위해 더운 날 9시간 동안 경찰서 밖에서 기다린 적도 있다. 이런 일들은 만약 우리가 우리의 고향인 티베트에 가서 살 수 있다면, 그래서 우리가 외부인이나 방문객처럼 살지 않을 수 있다면, 우리가 주인인 땅에서 살 수 있다면 얼마나 좋을까 하는 생각을 하게 했다."

중국 사복 경찰
Chinese plainclothes Police

릭돌의

계획

영감을
얻다

아버지가 돌아가신 슬픔에 젖어 있던 어느 날, 갑자기 어떤 생각이 떠올랐다. 고향에 돌아가기를 바랐지만 끝내 돌아가지 못한 아버지와 같은 처지의 많은 사람이 있다는 것, 그리고 그들에게 다시 고향을 돌려드릴 방법을 떠올린 것이다.

바로 그들에게 티베트의 흙을 밟게 해주자는 것!

구체적인 생각은 이러했다. 티베트에서 흙 2만 킬로그램을 가져와서 네팔을 거쳐 티베트 난민들이 많이 살고 있는 인도의 다람살라에 뿌려놓고 티베트 난민들로 하여금 그 흙을 밟아보게 한다는 것이었다. 그는 곧장 떠오른 아이디어를 들고 실행에 옮기기로 했다. 아버지에 대한 그리움이 만들어낸 아이디어였다.

THE STAGE DESIGN   Pg~1

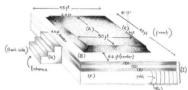

DETAIL MEASUREMENTS and INSTRUCTIONS

A: SOIL~ The soil will be laid on the stage~measuring 30ft X 30ft

B: BORDER~Around the soil, there will be a space of 6.6 ft wide

C: MIKE~ On that area, there will be a mike.

I: THE SILK BROCADE (O,D,E,F & G)~ 4 pieces of 43 ft long

    O~D~E: Each of it measures 8 inches tall

      F: A pure white cloth with 4 inches of Yellow (G) border.
      The white cloth (F) will have 52 folds and measures 2.5 ft

H: WOODEN STAIRS~ Total of three steps, each, measuring 1 feet 2 inches
    tall. It should be 6 ft long.

THE SOIL DISTRIBUTION ON STAGE   Pg~2

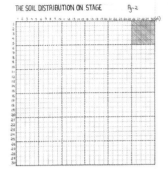

a) 8-10 sacks in 25 feet²
   1 sack of soil in 2.5 feet²

b) 6.6 feet border around the
   soil stage.

Notes:
a) Soil weighs 20 tons
b) Imagine 300 adults on stage
   which is 21 tons of weight!
c) Make sure its super stable.
d) Make 2 extra (H)
   for the public.

DESIGNS in DETAIL   Pg~3

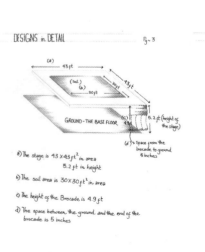

GROUND~THE BASE FLOOR

a) The stage is 43 X 43 ft² in area
   5.2 ft in height

b) The soil area is 30 X 30 ft² in area

c) The height of the Brocade is 4.9 ft

d) The space between the ground and the end of the
   brocade is 5 inches

THE STAIRS and BROCADE   Pg~4

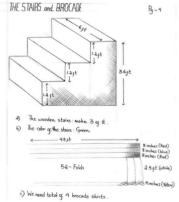

a) The wooden stairs: make 3 of it.

b) The color of the stairs: Green

   43ft

   8 inches (Red)
   8 inches (White)
   8 inches (Red)

   52 - Folds

   2.5 ft (white)

   4 inches (Yellow)

c) We need total of 4 brocade skirts.

이 생각을 실행하기 위해 릭돌은 자신의 서포터이자 에이전트인 파비오 로시Fabio Rossi와도 의논했다. 파비오 로시는 릭돌이 대학교에 다니던 시절부터 그의 재능을 알아보고 후원해왔다. 로시는 릭돌에게 철저하게 계획을 세운다 해도 그것은 언제든 상황에 따라 바뀔 수 있고, 전혀 생각지 못한 일이 생길 수 있다며 마음을 편히 가지라는 조언을 해주었다. 잘될 거라고 응원해주며 로시는 마지막 인사로 어머니에게 안부를 전해달라고, 또 너무 걱정하지 마시라는 말을 전했다.

※ 릭돌 그림에 대한 자세한 정보는 홈페이지 www.rossirossi.com를 참조해주세요.

Fabio Rossi

카타(Khata)란
티베트 불교에서 쓰이는 티베트 전통 의식용 스카프다. 카타가 상장하는 것은 순수함과 연민,
그리고 많은 경우 의식, 결혼식이나 탄생, 장례식, 졸업, 혹은 도착하거나 떠나는 손님에게 걸
치거나 향과 함께 쓰인다. 보통은 실크로 만들어지고 대개의 경우 흰색이며 그것 역시 주는 사
람의 순수함을 나타낸다.

출처_ 위키피디아

이 신나는 계획을 많은 사람의 응원을 받으며 진행하고 있지만, 한 사람 릭돌의 어머니는 아들을 위해 묵묵히 기도를 하신다. 망명 세월 50년, 그 기간 내내 기도로 살아오신 분이지만 아들의 이번 여정을 위한 기도는 더 길고 정성스럽다. 릭돌은 그런 어머니의 기도를 뒤로하고 길을 떠난다.

그저 '고향 티베트의 흙'을 가지고 오겠다는 목표만 있을 뿐, 무슨 일이 일어날지 모른다는 설렘과 불안 속에 릭돌과 일행들은 비행기에 올랐다.

감독
텐진의
합류

　사실 감독 텐진이 카메라를 들고 릭돌의 프로젝트를 기록
하기 시작한 것은 영화를 만들기 위한 것은 아니었다.

　어린 시절 친구였던 두 사람이 뉴욕에서 다시 만난 무렵은
릭돌이 아버지가 돌아가신 후 그 슬픔을 이겨내려고 노력하
던 때였다. 그 후 1년이 지난 어느 날 밤, 릭돌은 감독 텐진
에게 자신의 계획에 대해 털어놓았다. 그는 이 퍼포먼스를
아버지에게 바치고 싶고, 또 아버지와 비슷한 상황의 난민
들에게 선물하고 싶다고 했다. 텐진 역시 릭돌의 이야기를
듣고 몹시 흥분했다.

　"처음 그 얘기를 들었을 때 나는 온몸에 소름이 돋을 정도
였다. 릭돌의 이야기만으로도 흥분해서 무조건 이 작업을

해야 한다고, 그게 엄청난 영향이 있을 거라고 릭돌을 응원
했다. 나도 역시 돕겠다고 얘기했다.

그 후 많은 논의 끝에 우리는 릭돌이 이 프로젝트를 진행한
다면 모든 과정을 기록해야 하고 내가 직접 카메라를 들고 그
모든 과정을 찍기로 결정했다. 사실 우리 모두 이 프로젝트
가 성공할지 못할지 확신이 없었기 때문에 처음부터 영화로
만들겠다고는 생각지 않았다. 다만 릭돌을 쫓아 모든 것을
기록할 것이고, 혹시 뭔가 예측하지 못한 일이 일어난다면
그 기록은 필요할 것이라고 생각했다. 이 프로젝트가 얼마나
위험한지 그리고 릭돌과 그를 돕는 네팔과 티베트 국경 사람
들이 체포될 위험이 얼마나 큰지 모두 잘 알고 있었다.

그래서 혹시라도 생길지 모르는 안 좋은 일, 예를 들어 체
포나 실종 같은 상황이 발생할 경우, 이 프로젝트의 매 순간
을 기록하는 것이 도움이 될 거라고 생각했다. 그 자료를 보
면 릭돌이 위험한 사람이 아니고, 누구에게 해를 끼치려고
이 일을 계획한 게 아니라는 걸 증명할 수 있다고 믿었다.

2011년 5월 우리는 네팔로 가는 비행기에 올랐다. 텐진은 카메라 장비를, 릭돌은 스케치북을 챙겼다. 많은 준비와 계획을 세웠지만 사실 우리의 앞길에 무슨 일이 일어날지는 전혀 알 수가 없었다. 15시간이라는 긴 비행 끝에 뉴욕에서 출발한 우리는 두바이와 델리를 거쳐 카트만두에 도착했다.

　우리는 의기충천했고 모험이 시작된다는 생각과 걱정으로 흥분해 있었다. 미지를 향해 떠나는 여행, 그때 기분은 말로 다 하기 어려웠다."

네
팔
에

건
너
가
다

친구
톱텐 / Tomden Thinley

릭돌 일행은 네팔의 카트만두에 도착했다.

네팔은 티베트와 거리상으로 가장 가까운 나라이고, 티베트 난민들이 가장 많이 정착한 곳이다. 릭돌 역시 어린 시절을 네팔에서 보냈다. 하지만 네팔을 떠난 지 오래되었고, 프로젝트를 진행하기 위해서는 네팔을 잘 아는 인물이 필요했다.

그래서 이 흙 프로젝트를 진행하기로 마음먹고 릭돌이 가장 먼저 이 계획에 대해 털어놓은 사람은 네팔에 살고 있는 소꿉친구 톱텐이었다. 네팔의 상황을 잘 알고, 프로젝트의 위험성 역시 잘 알고 있음에도 톱텐은 단번에 해보자고 얘기했다.

이미 미국에서 산 지 오래된 릭돌은 그곳에서는 눈에 쉽게
띌 수밖에 없다. 현지 친구가 없었다면 계획은 구체적으로
들어가볼 수도 없었을 것이다. (이 프로젝트 이후, 톱텐은
여러 가지 위험 때문에 네팔을 떠나 현재에는 미국에서 가족
과 함께 살고 있다.)

하지만 네팔은 릭돌이 기억하는 모습과 많이 달랐다. 미
국에서 계획하며 그려보던 상황보다 더 위험하게 느껴졌다.
감독 텐진 역시 그렇게 느꼈다며 도착한 첫날의 네팔을 이렇
게 기억한다.

"우리가 카트만두에 도착한 그날은 2011년 6월 24일

로 기억한다. 그날 오후 나는 릭돌과 그의 친구 톱텐을 한

"네팔 경찰들이 모두 무장을 하고 권총을 차고 있어서 톱
텐을 만나자마자 왜 이렇게 많은 경찰들이 있는지 물었다.
그는 6월 26일은 티베트 불교의 가장 훌륭한 종교 지도자
중 한 사람인 성하 카르마파(Karmapa Lama)의 탄신일
이라 이날을 축하하는 행사가 예정되어 있기 때문이라고 했
다. 중국의 영향력 아래 있는 네팔 정부가 네팔에 있는 티베
트 사람들이 다 같이 모이는 것을, 그래서 함께 중국에 항의
시위를 하는 것을 막으려고 한다고 했다. 이것이 나의 네팔
여행의 첫인상이다."

사찰 앞에서 만났다. 도착하자마자 내가 제일 처음 본 것은

사방에 깔린 경찰들이었다."

중개인
구하기

네팔의 상황들을 파악하고 나서 릭돌 일행이 제일 먼저 정한 규칙은 티베트에 살고 있는 티베트인들은 프로젝트에 끌어들이지 않기로 하는 것이었다. 그들이 위험한 상황에 처하는 것을 바라지 않기 때문이다.

처음 만난 중개인도 조심해야 한다는 말부터 꺼냈다. 네팔에도 중국인이 많고 스파이도 많다고 경고했다. 프로젝트를 진행할 수 있게 도와줄 중개인을 찾는 것부터 조심해야 했다. 그래서 화질이 나쁜 몰래 카메라를 숨겨 촬영해야 하는 장면들도 있었다.

　막상 네팔에서 중개인으로부터 조심하라는 말을 직접 듣고 나니 더욱 긴장되었다. 프로젝트를 시작하기 전부터 쉽지 않을 거라는 경고를 많이 들었지만 그 위험한 정도가 피부로 와 닿았다.

　당장 네팔 국경을 넘어 티베트에 가서 흙을 가져올 수 있는 믿을 만한 중개인을 찾는 일이 급했다. 하지만 신중해야 했다. 그들은 네팔에 사원을 짓기 위해 티베트의 흙을 가져온다는 명목 아래 흙을 가져오려고 했다. 믿을 수 있는 사람을 찾는 일은 매우 어려웠다.

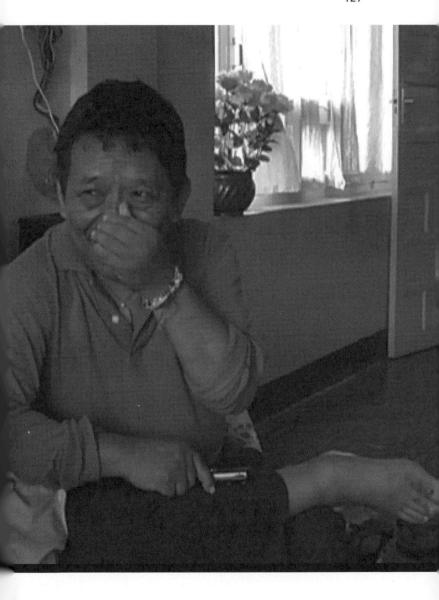

이런저런 고민 끝에 릭돌은 네팔에 살고 계신 삼촌을 찾아
가서 조언을 듣기로 했다. 삼촌은 릭돌의 계획이 신선하다
고 좋아하셨지만 조심, 또 조심하라고 당부하셨다. 기발한
계획을 칭찬해주었지만 조카가 위험에 처할까 안전을 강조
했다.

중국은 티베트 망명인들이 많은 네팔에서 티베트 독립운
동이 크게 일어날까 경계를 하고 있었다. 그런 상황을 듣고
네팔 거리를 걸으면서 긴장한 릭돌은 착잡한 마음을 감출 수
없었다.

"네팔도 많이 변했어요.

옛날에는 가난해도 평화가 느껴졌고 거리에서 만나는 많은

사람들은 서로에게 미소를 지어 보였죠. 마치 꽃이 활짝 피

어 있는 분위기였어요.

하지만 지금은 빛이 바랜 느낌이 들어요.

네팔 사람들이 모두 신경쇠약에 걸린 것처럼 보여요. 경찰

을 보면 자동적으로 두려움에 떨어요."

　다행히 중개인은 희망적인 약속을 하며 흙 샘플을 몇 가지 가져다주었고 릭돌이 그중 프로젝트에 가장 잘 맞는 흙을 골랐다. 곧 네팔로 티베트의 흙이 올 것만 같이 보였다.

　릭돌은 기도하는 마음으로 삼촌과 함께 사원에 갔다. 여느 티베트 사람들처럼 마니차를 돌려보았다. 너무나 커진 도시

마니차는 주로 티베트 불교에서 사용되는 불교 도구다. 마니차은 원통형으로 되어 있으며, 측면에는 만트라가 새겨져 있다. 내부에는 롤로 경문이 새겨져 있다. 크기는 다양하며 손에 쥘 수 있는 크기부터 큰 것은 몇 미터에 달하며 큰 마니차는 사원에 있는 것이 일반적이다.

카트만두를 내려다보며 삼촌은 릭돌에게 뉴욕과 이곳 중에 어디가 더 큰지를 장난스레 물어본다. 삼촌은 이곳이 카샤파 시대의 두 번째 부처님이 탄생한 곳이라고 알려주고 릭돌은 이 성스러운 땅에 티베트의 흙이 빨리 도착하기를 빌어본다. 릭돌은 이때 2, 3일 내로 흙이 올 것이라고 예상했다.

과연 순조롭게 흙을 받을 수 있을까.

드람에
가다

다행히 중개인이 전화를 걸어와 릭돌 일행에게 드람으로 와서 만나자고 했다. 드람은 티베트와 가까운 네팔의 국경 도시로, 중개인의 제안은 일이 잘 진행되고 있다는 얘기 같아 릭돌은 기분 좋게 드람으로 출발했다.

사실 드람을 방문하는 일은 릭돌에게 특별한 일이었다. 그곳에 가면 티베트를 실제로 볼 수 있기 때문이다. 지금까지는 영화나 사진에서만 티베트를 봐왔다. 아버지가 그토록 꿈에 그리던 곳, 티베트의 모습을 조금이라도 가까이 볼 수 있다는 생각에 들떠 오랜 여정도 길게 느껴지지 않았다.

　드람에 도착해 중개인을 만났다. 앉은 자리에서 보이는 나무가 우거진 산이 티베트라고 중개인이 알려주었다. 그 풍경을 바라보며 릭돌은 저절로 미소를 지었다. 티베트와 가까워서인지 맥주병에는 '라싸 맥주'라고 적혀 있었다. 티베트의 수도인 라싸에서 만들어진 맥주를 보고, 그 맥주에 써 있는 티베트어를 보고 릭돌은 반가워했다.

릭돌은 티베트를 조금만 더 가까이서 보고 싶은 마음에 국경 초소 근처로 가보았다. 중개인은 다리만 건너면 티베트라고 했다. 중국은 우정교 끝에 검문소를 설치해두었다. 차마 건너가지는 못하고 관광객인 척 우정교 위에서 티베트의 풍경을 담은 사진을 찍었다. 그러나 중국의 사복 경찰들은 휴대폰으로 찍은 티베트의 사진마저 지우라고 릭돌을 막아 섰다. 그들의 태도에 놀라기도 했지만 프로젝트를 위해 웃으며 릭돌은 사진을 지웠다. 그렇게 고향의 사진 한 장조차 담아올 수 없었다.

중국이 경계를 더 강화하고 있다는 것을 확인한 릭돌은 카트만두로 돌아오는 내내 아쉬움과 서러움으로 가득 찼다.

처음 마주한 고향 티베트 땅. 그 앞에서 오히려 릭돌은 자신이 망명자라는 사실을 뼈아프게 확인했다. 비록 지금은 미국에서 살고 있지만 자신의 조국이 어디인지, 뿌리가 무엇인지 잊어버린 채 살아갈 수 없는 자신을 확인했다.

릭돌과 삼촌은 룽다를 내걸며 마음을 다스리고 그의 기도
가 이루어지길 기원했다.

"나는 웃어도 웃는 게 아니었어요. 화를 낼 수도 있지만 그
것조차 마음대로 할 수 없죠. 그래서 항상 뭔가 빠진 느낌이
었어요. 나 자신을 불완전하게 만드는 무언가가 있는 거죠."

기나긴
기다림

릭돌의 바람에도 들리는 소식들은 실망스러웠다. 중개인은 매번 약속을 잡았지만 바로 약속을 미루었다. 미뤄지는 핑계는 늘어가고 릭돌은 그들을 믿어야 할지 의심스러웠다. 계속 기다리라는 말만 들려올 뿐 어떻게 진행될지 알 수 없는 막막한 상황. 약속이 잡히고 다시 취소되는 일이 반복되었다.

미국에서 계획할 때는 2주면 모든 절차가 끝날 거라고 생각했지만 시간은 그 두배가 넘게 지나고 있었다. 아무것도 확실하지 않다는 것이 가장 괴로운 부분이었다. 앞으로 얼

마나 걸릴지, 언제 끝날지도 모르는 상태에서 한없이 기다
리기만 하는 일은 릭돌을 불안하게 했다.

그때 길에서 만난 티베트 국기는 더없이 반가웠다. 자신의
조국에서 살아가는 사람들은 이런 마음을 잘 알 수 없을 것
이다. 릭돌은 망명자의 불안한 삶을 새삼스럽게 경험했다.

티베트 국기

옛날부터 티베트 각 지역에서 사용되던 군대의 깃발들을
종합해서 1912년경 13대 달라이라마 때 현재 형태로 국기
모양이 정해졌다고 한다. 티베트가 불교 국가이다 보니 국기
에도 관련 뜻이 담겨 있다.

가운데 아래에 있는 동물 티베트를 상징하는 눈사자
(Snow-Lion)를 감싸고 있는 하얀 삼각형은 설산에 둘러싸인
티베트를 상징하고, 6개의 빨간색은 티베트 민족의 기원인
6개의 씨족을 나타낸다. 붉은빛과 하늘의 푸른빛이 교차하

고 있는 것은 티베트 수호신이 보호하고 있음을 상징한다. 눈사자가 왼손으로 받치고 있는 세 가지 색깔의 보석은 삼보 (三寶 불;부처님, 법;부처님말씀, 승;승단)를 뜻하는데 티베트 백성이 늘 삼보를 머리위에 예배하고 있음을 나타낸다. 그 아래 태극 무늬와 같은 보석은 성스러움(10선업법과 16정인법)과 풍속에 따라 자신을 다스려야 함을 말한다. 중앙에 있는 노란 원은 태양이 비추고 있는 것으로 티베트의 국민들이 행복하고 자유롭게 살고 있음을 말한다. 그 빛은 모든 백성이 동등하게 자유와 정신적·물질적 행복과 번영을 향유하는 의미를 갖는다.

국기를 둘러 싸고 있는 노란색 띠는 불순물이 섞이지 않은 순금처럼 부처님의 가르침이 무한한 공간에, 티베트 전 지역에 전파되고 있다는 뜻이다.

릭돌의 마음을 헤아린 톱텐은 기도를 하자고 했다. 절박할 때 신을 찾는 법이라며 특별한 기도문이 있다고 얘기하는 삼촌도 조카의 불안한 마음을 달래주고 싶어 했다. 여전히 중개인은 약속한 날짜를 20일이나 더 어겼다.

기다림의 시간이 길어지자 릭돌은 예술구역에 찾아가 네팔의 작품들을 보며 그 작품들을 만들어낸 인내와 기다림을 곱씹어보기로 했다.

예술은 고통과 기다림 속에 탄생한다고 한다.

"I was born with a pair of shoes.
Though tattered and torn,
they are my very own.
I travel unawareof my utmost despair.From
there to here.
From here to somewhere.

평생을 함께했던 나의 신발 한 쌍
너덜너덜해도 내겐 소중하네
한 치 앞도 모르는 여행길
극도의 절망을 뒤로 한 채
거기에서 여기로
여기에서 또 어디로"

평생을 함께 했던
나의 신발 한 짝

너덜너덜해도
내겐 소중 하네

THE FARMER'S SON

한 치 앞도 모르는 여행길
극도의 절망을 뒤로 한 채

OUR NEIGHBOR CHINA

한 치 앞도 모르는 여행길
극도의 절망을 뒤로 한 채

INVASION

INTO EXILE

여기에서 또 어디로

거기에서 또 여기로

좋은 생각을 실현시키는 데는 집중력과 인내가 필요하다.

흙 프로젝트 역시 처음에 단순히 흙을 국경을 넘어 가지고

온다고 생각했지만, 실제로 그 일은 그렇게 간단하지 않았

다. 첫째 흙을 반입할 수 없다는 것, 둘째 국경 몇 개가 아

니라 나라 사이의 수많은 검문소가 문제라는 것을 알게 되었

다. 국경을 넘고 검문소를 통과하는 일. 프로젝트가 진행되

면서 말로만 듣던 망명자의 고통을 직접 겪고 있다. 이제야

아버지의 이야기를 온전히 이해할 수 있을 것 같았다.

릭돌은 이내 마음을 다잡았다. 이 일에 이런 어려움들이 있는 줄 알았다면 실행할 엄두를 내지 못했을 것이고, 그래서 열정과 계획뿐 아니라 이 프로젝트가 성공할 거라는 믿음이 필요한 거라고 생각했다.

마침내 다시 중개인으로부터 전화가 걸려왔다.

대신 떠나는
톱텐

중개인은 전화를 걸어 트럭 세 대분의 흙이 마련되었다고 했다. 흙은 준비되었지만 허가가 쉽게 나지 않아 비용을 가지고 톱텐이 직접 국경으로 가야 했다. 국경에서 일하는 친구가 말하길, 릭돌이 직접 드람에 가는 것은 너무 위험하다고 했다. 릭돌이 그곳 사람들 사이에서 눈에 띈다며 절대 직접 가지 말라고 했다. 그래서 톱텐이 대신 가고 자신은 남아서 전시에 대한 계획을 짜며 기다리기로 했다.

흙이 건너오려면 돈도 필요했다. 티베트 난민들이 국경을 넘을 때도 마찬가지일 것이다.

서로를 염려하면서 톱텐이 어두운 새벽길을 떠났다.

자신이 직접 갈 수 있었다면 마음이 더 편했을까? 초조한 릭돌을 향해 톱텐은 덤덤한 표정을 지어 보였고, 릭돌은 더 더욱 고맙고 미안한 마음뿐이었다.

"하얀 두루미야!
너의 날개를 나에게 빌려다오.
멀리 가지는 않을 거야.
리탕에만 날아갔다 올게."

릭돌은 삼촌과 함께 네팔에 있는 티베트 사원에 갔다. 친구의 무사 귀환을 바라며 장애물을 없애는 기도를 하기 위해서다. 함께 기도해주는 수도승들에게조차 티베트에서 무엇을 가져오는지 밝힐 수 없었다. 다만 소중한 무언가를 가져오는 일을 수월하게 해달라고 마음을 다해 기도를 올렸다.

장벽

높은

국경

극단적인
방법

톱텐이 국경에 갔지만 시간이 흘러도 연락이 없었다. 떨치고 싶은 불안한 생각이 계속 떠올랐다. 혹시나 톱텐이 국경에서 중국 경찰에게 체포라도 될까 하는 걱정에 불안하지만 할 수 있는 일이라고는 친구의 소식을 기다리는 것뿐이라는 것이 릭돌을 더 힘들게 했다.

마침내 전화를 걸어온 톱텐은 흙이 준비되었지만 국경에 도착하니 중국 검문소 사람들이 다리를 건너지 못하게 한다는 소식을 전했다. 국경은 생각보다 높고 견고했다. 톱텐은 톱텐대로 발을 동동 구르고 있었다.

얼마 후, 톱텐은 국경에 있는 다리를 넘어 흙을 운반하는 것이 완전히 불가능하다는 것을 알려주었다. 중국 국경의 경비가 평소보다 삼엄해져 방법이 없다는 것. 마약이나 무기도 아니고 단지 흙일 뿐인데도 국경을 넘기가 왜 이리도 힘들까.

그렇다면 이제 어떻게 해야 하는 걸까.

"하필이면 지금 중국 사람들이 티베트 점령 60주년을 기념하고 있어서 국경 수비가 삼엄해졌어요. 사람이든 물품이든 왕래를 차단하고 있어요.

게다가 톱텐은 톱텐대로 화가 단단히 난 상태죠.

내게 미안하다며 강에 뛰어들까도 생각했다는데 난 돌아오라고 했죠."

릭돌은 막막하기만 했다. 그런 조카를 달래주기 위해 삼촌은 릭돌의 점괘를 봐주었다. 어릴 때부터 종종 점괘를 봐주신 삼촌은 릭돌에게 모든 것이 잘될 거라고, 연꽃이 땅에 피어나는 형상으로 결실을 보게 될 거라고 말해주었다. 릭돌은 그 얘기에 비로소 웃음을 보였다.

　그러나 실제 상황은 점점 악화됐다. 다리를 통한 왕래를
차단하고 있는 상태에서 합법적으로 흙을 가져오는 방법은
없다. 국경에 있는 톱텐은 톱텐대로 미안한 마음에 어쩔 줄
을 모르는데, 릭돌은 톱텐에게 그냥 돌아오라고 했다.

　다시 톱텐에게서 전화 걸려와 불법적이지만 흙을 가져올
수 있는 방법을 전해줬다. 그것은 바로 밀수업자를 통해 들
여오는 방법이다. 릭돌은 흙을 꼭 가져오고 싶지만 불법적
인 일이라는 상황에 걱정이 앞서고 프로젝트 자체를 포기해
야 할지, 아니면 극단적인 선택을 할 것인지 기로에 섰다.
남의 땅에 검문소를 설치한 그들과 감시를 피해 흙을 가져오
려는 릭돌. 마음은 점점 더 복잡해졌다.

　결국 밀수업자를 통해 흙을 가져오기로 했다.

　다리를 건너지 않고 흙을 들여오는 방법은 밀수업자들이
강에 설치해놓은 줄을 타고 넘겨받는 것이었다. 결국 티베
트의 흙을 담은 자루는 티베트를 탈출한 사람들이 왔을 법한
경로를 그대로 겪으며 넘어왔다.

　마침내 흙이 국경을 넘었다.

돌아온
톱텐

아직 어둠이 가시지 않은 새벽. 릭돌은 친구와 티베트의 흙을 초조한 마음으로 기다렸다. 톱텐의 이야기에 따르면 흙은 티베트에서 출발해 국경을 건너 드람을 경유해 네팔로 왔다. 오래 기다린 탓인지 릭돌은 실제 친구의 얼굴을 마주하기 전까지는 안심할 수 없다는 표정이다. 멀리 희미한 불빛이 보이고 흙을 실은 트럭이 드디어 도착했다.

살이 쏙 빠진 톱텐이 티베트의 흙과 함께 돌아왔다. 릭돌은 친구에게 아무렇지 않은 듯 농담을 건네보지만 고마운 마음은 숨길 길이 없었다. 트럭을 열어 실린 흙을 확인하고서야 릭돌은 실감했다.

톱텐 역시 이제야 안심한 듯, 긴박했던 시간들을 친구에게 얘기해주었다. 하지만 회포를 풀 시간도 없이 네팔을 떠나야 했다. 중국 경찰이 네팔 국경 30킬로미터 안까지 들어와 체포할 수 있기 때문이다. 가능한 한 빨리 흙도 릭돌 일행도 네팔을 떠나야 한다.

흙자루
바꾸기

흙을 다른 자루로 옮겨 담기 위해 인부들을 모집했다. 인도 국경에서 검사를 피하고자 중국 상표가 붙어 있는 자루에서 흙을 꺼내어 하얀 자루로 옮겨 담았다. 흙자루 안에서 티베트의 흙 냄새가 올라오지만 그것을 음미할 새도 없이 흙 20톤, 550여 개의 흙자루를 서둘러 카투만두를 떠나 곧장 다람살라로 가져가기로 했다. 트럭이 인도로 출발하고 릭돌과 일행들도 얼른 네팔을 떠났다.

당장이라도 누군가 쫓아올 것 같은 마음에 뒤돌아볼 새도 없이 릭돌과 톱텐, 감독 텐진은 네팔을 떠나는 비행기에 올랐다. 여기서는 언제든 체포될 수 있기 때문이다.

인도

국경에서

기다리기

인도/
국경/

하지만 기다림은 여기서 끝이 아니었다. 네팔과 인도의 국경인 반바사에서 다시 트럭을 기다렸다. 네팔을 출발한 트럭을 이곳에서 만나기로 했지만 3주가 지나도 트럭은 오지 않았다. 엎친 데 덮친 격으로 지리한 장마가 시작되어 다리 밑 수위가 급격히 상승해 국경에 있는 다리가 폐쇄되었기 때문이다. 인도에서 함께 기다리는 조력자 중 한 사람은 원래 인도에서는 5일이 걸린다고 하면 15일이 걸리고, 오늘 끝날 일이라고 하면 사흘이 걸린다고 알려주었다. 매번 한 고비를 넘기고 나면 다음 고비가 찾아오는 여정에도 릭돌과 톱텐은 애써 차분한 태도를 유지하려 했다.

트럭이 올 것을 믿고 릭돌 일행은 델리를 거쳐 다람살라에 먼저 가 있기로 했다. 그들은 델리로 가는 기차에 올랐다. 인도의 다람살라로 가는 길, 15년 만의 방문길이다.

"마침내 인도에 왔어요 다람살
라로 향하고 있죠
다람살라에는 가장 큰 티베트
난민촌이 있어요. 달라이 라마
성하도 거기 거주하시죠. 다람
살라에는 15년 만에 가는 거예
요. 어린 시절 거기에 있는 학
교에 다녔거든요."

트럭 역시 티베트의 흙을 싣고 다람살라로 향했다. 티베트의 흙은 두 개의 국경을 통과해 약 50개의 검문소를 거쳐 2000킬로미터를 여행한 후 마침내 북인도 다람살라에 도착했다. 미국에서 기획한 시간까지 합치면 모두 17개월이 걸린 셈이다. 100일 동안의 기나긴 여정, 감시와 경계를 피해 달려온 아슬아슬한 길이었습니다.

제2의 고향
다람살라

그들이 마침내 도착한 곳, 티베트인들의 제2의 고향, 다람살라는 티베트 난민들에게 굉장히 특별한 곳이다. 1959년 14대 달라이 라마께서 그곳에 망명 정부를 세웠고 현재 가장 많은 티베트 난민이 모여 사는 곳이다. 다람살라에서 티베트인들은 자신의 정체성을 지키며 살아가고 있다. 그들도 티베트를 탈출해 오는 길에 릭돌처럼 마음을 졸이고, 비용을 지불하고, 기다림을 견디며 왔을 것이다. 릭돌과 감독 텐진도 다람살라의 학교에서 처음 만났다.

인도 반바사, 델리 경유
다람살라 도착

우리

땅 우리

민족

TCV
학교

릭돌 일행은 가지고 온 티베트의 흙을 다람살라에 있는 가장 큰 초등학교에서 무대를 설치하고 전시하기로 했다.

이 초등학교는 텐진과 릭돌이 처음 만난 곳이기도 하다. 그들이 여덟아홉 살 무렵이었다.

그때는 Tibetan Children's Village (이하 TCV School) 라고 하는 티베트 어린이 마을의 학교 첫 해가 시작되는 해였고, 그곳은 돌아가신 14대 달라이 라마의 어머니께서 티베트 난민의 어린이를 보살피기 위해 지은 곳이다.

그때 감독 텐진과 같이 학교를 다닌 많은 수의 어린이가 고아이거나 티베트에 부모를 두고 와 고아와 다름없는 상태

의 아이들이었다. 티베트에 있는 부모들은 자식만이라도 자유로운 나라에서 자라고 배우기를 바라는 마음으로 자식들을 홀로 인도로 보냈기 때문이다.

감독 텐진의 부모님 역시 릭돌의 부모님처럼 1959년에 중국이 티베트를 침략하면서 그곳을 탈출하셨다. 감독 텐진의 아버지는 그 당시 티베트 군대에 소속되어 있었고, 달라이 라마가 인도로 안전하게 탈출할 수 있는 경로를 담당하는

그룹에 속해 있었다. 탈출 후 텐진의 어머니를 만나 텐진의
누나들과 텐진을 낳아 인도에서 키우셨다.

다람살라의 TCV school에서 텐진의 부모님은 선생님으
로 일했다. 사실 그 당시 학교는 아이들의 사정상 고아원이
나 기숙학교에 가까웠다.

학교 안에는 30호 정도 되는 가정이 있었고 각 가정에는
5세에서 17세까지의 어린이들이 30명에서 40명 정도 함께

살았다. 각 가정에는 그 아이들을 돌보는 수양 부모가 있었는데 감독 텐진의 부모님이 바로 그 역할을 담당했다. 그래서 감독 텐진은 친형제 자매는 물론 30명의 티베트 출신 아이들과 함께 지냈다. 그 당시 릭돌의 부모님도 네팔에 계시면서 릭돌을 TCV School에 보내셨고, 감독 텐진과 릭돌은 3학년 때 처음 만나 1년간 같은 책상을 쓰는 사이였다.

감독 텐진은 그 당시 기억이 뚜렷하지 않지만 분명한 것은 릭돌이 그 당시에도 그림 그리는 것을 정말 좋아하는 아이였다고 한다. "한번은 친구 사이에 중간고사나 기말고사 전에 시험 성적을 받길 빌어주는 편지를 주고받는 게 유행이었는데 릭돌이 나에게 준 편지에 아름다운 그림이 그려져 있던 게 또렷이 기억난다"고 말했다. 그리고 그들은 13세가 되던

해 릭돌이 학교를 떠나면서 연락이 끊겼다.

감독 텐진은 릭돌이 다람살라에 있는 직업학교에 잠깐 다녔고, 거기서 그는 카펫 디자인을 배우고, 그 후 네팔에 있는 고등학교를 나왔다는 소식을 전해 들었다.

그리고 15년 후, 감독 텐진이 영화 작업을 위해 뉴욕에 머무를 때, 두 사람은 재회했다. 릭돌은 아티스트로 자리를 잡고 이름을 조금씩 알리고 있었다. 그들은 다시 만나 서로의 작업에 대해 이야기를 나누면서 다시 친하게 지냈다. 운명은 다시 이 두 사람을 TCV 학교로 돌려보내어 이 전시를 함께 하게 만들었다.

흙자루를
열다

흙이 도착하고 릭돌은 빠르게 전시를 준비했다. 비가 오지 않기를 바라면서 15시간 안에 모든 것을 설치하고 준비해야 하는 일정이었다. 그제야 릭돌은 자루를 열어 티베트의 흙을 만져보았다. 탄압과 설움 그리고 감시를 피해 먼 길을 온 고향의 흙이다.

"어떤 면에서 흙의 여정과 티베트 난민의 티베트 탈출 여정이 아주 흡사합니다. 불법으로 국경을 건너야 하니까 불법 소개업자에게 돈을 많이 지급해야 하고, 온갖 위험에 맞닥뜨려야 하죠. 체포될지도 모른다는 두려움까지 안고

이곳에 오는 것이야말로 티베트 난민의 여정과 아주 흡사
했습니다."

　프로젝트를 돕는 많은 사람 모두 고향의 향기에 취해 열심
히 흙을 깔고 전시를 준비했다.

물론 흙이 이곳까지 안전하게 도착하긴 했지만 그것이 불법적으로 이루어졌다는 생각은 릭돌 일행의 머릿속을 떠나지 않았다. 이 프로젝트에 참여한 사람들 모두는 인도 정부가 이 사실을 알게 된다면 이 흙을 압수하고 전시 또한 무산되는 것이 아닌지 두려워했다. 그래서 이 전시를 안전하게 실행하기 위해서는 마지막 순간까지 모든 것을 비밀에 부쳐야 했다. 전시를 미리 알리면 당연히 더 많은 사람이 오프닝에 올 수 있겠지만, 돌아가는 상황을 봐서는 크게 홍보하는 일은 어렵다고 판단했다. 그래서 이 행사는 하루 전날 다람살

라의 사람들에게 알려졌다. 높이 걸린 포스터에 쓰인 퍼포먼
스의 제목 '우리 땅, 우리 국민(Our Land, Our People).'

하지만 릭돌 일행의 염려와는 다르게 티베트의 흙이 왔다
는 소문은 아주 빨리 퍼져 나갔다.

달라이
라마를 만나다

　전시 직전, 또 하나의 좋은 소식이 들렸다. 달라이 라마 성하께서 직접 릭돌과 일행을 만나겠다고 부르신 것이다. 감독 텐진은 다른 날과 다름없이 달라이라마가 살고 계시는 공간에 들어가자마자 촬영하기 시작했다. 들어가자, 성하의 비서 한 사람이 릭돌에게 어떻게 티베트에서 흙을 가져올 수 있었냐고 물었다. 릭돌이 미소를 지으며 간단하지만 의미심장한 대답을 했다.

　"이 흙은 많은 티베트 난민들이 티베트에서 도망쳐나오는 것과 똑같은 방법으로 여기 올 수 있었습니다." 더 이상의 질문은 필요하지 않았다.

14대 달라이 라마 성하
His Holiness
The 14th Dalai Lama

시가체에서 가져왔다고?

달라이 라마께서는 릭돌 일행을 반갑게 맞아주시고 티베트시가체에서 온 흙 위에 '티베트'라는 글자를 써주시고 모두를 축복해주셨다.

그들에게 해주신 달라이 라마의 말씀을 이러했다.

"다양한 분야를 통해 중국에 접근해야 합니다. 중국 친구들에게 티베트를 가르쳐야 해요.

티베트 사안에 관심 있는 중국 지식인도 많으니 진실을 안다면 티베트 국민의 명분을 지지할 겁니다. 지금 현실을 반영하자면 서로 이득이 있어야 해요. 그래야 가시적 성과도 생기고 중국의 지지 없이는 해결책을 찾기 어려워요.

우린 우리 권리가 있어요. 역사적으로 별개의 국가입니다.

이런 격언도 있죠. '중국인은 중국에서 티베트인은 티베트

에서 행복하다.'

제국 시대엔 그 말이 통했지만 요즘은 안 통합니다. 세상

은 힘이 통치하죠. 마음을 열고 넓은 관점에서 생각해야 하

고 서로 도움 되는 해결책을 제시하면 중국인도 지지할 거예

요. 훌륭한 일을 했습니다. 감사합니다. 인내심을 갖고 계

속 노력하시길 바랍니다."

달라이 라마께서는 중국이 적이 아님을, 인내심을 가지고

설득해야 할 대상이라고 말씀하셨다.

나

티베트로

돌아갈래요

전시의
시작

기다리고 기다리던 전시는 티베트의 희망인 어린이들의 노래로 시작했다.

"나 비록 어리지만 열심히 공부할래요.
나 비록 어리지만 열심히 공부할래요.
나 비록 어리지만 열심히 공부해서 우리 조국 티베트로 돌아갈래요.
난 어린 학생 티베트의 씨앗
우리 힘으로 자유를 찾아 티베트로 돌아갈래요.
우리 모두 힘을 합쳐 티베트로 돌아갑시다.
우리 모두 힘을 합쳐 티베트로 돌아갑시다."

망명정부 총리 로브상 상계이Dr. Lobsang Sangay가
감사의 말을 시작했다.

"티베트 흙을 만지고 그 위를 걷는 것은 제게는 가슴 벅찬 사건입니다. 항상 티베트에 돌아가기를 기도하니까요. 티베트가 자유를 되찾고 달라이 라마 성하께서 귀환하기를 손꼽아 기다립니다. 세상에 흩어진 모든 티베트인은 한가족으로 다시 뭉쳐야 합니다. 그런 날이 오기를 기도하고 간절히 바라며 계속 노력할 것을 약속합니다."

릭돌도 나아가서 모인 사람들에게 인사 했다.

"여러분 안녕하세요. 이 작품은 지의 진심 어린 기도입
니다. 다 같이 고국으로 돌아가길 바라는 염원이 담겨 있
습니다. 와주신 여러분 감사합니다."

짧은 인사였지만, 사실 긴 이야기가 필요하지 않았다. 티

베트의 흙을 보려고 모인 사람들의 눈빛은 어떤 말보다 강렬

했다.

가장 먼저 티베트의 희망인 아이들이 무대로 올랐다. 사람들

은 아이들이 티베트의 흙을 만지는 것을 뭉클하게 지켜보았다.

승려들이 차례로 줄을 서서 벅찬 마음으로 걸음을 옮겼다.

다람살라의 가장 나이 드신 어른도 고향을 만나러 나왔다.

태어나 처음으로 조국 티베트의 흙을 만져보며 신기해하

는 아이들과 조심스레 걸음을 옮기는 수행자들. 고향의 흙

은 우리 모두를 엎드려 절하게 만들었다.

티베트 사람들

한 노인은 손자와 함께 이곳을 찾았다. 고향 땅을 밟은 지 얼마나 됐을까? 노인은 스물다섯 살에 티베트를 떠나왔다. 지금 일흔여섯이니 올해로 조국을 떠난 지 50년이 된 것이다. 50년 세월 조국을 그리던 노인은 오늘 이곳에서 어쩌면 생애 마지막이 될지도 모르는 고향을 만났다.

약 50년 정도요

티베트의 노인은 모두를 위해 기도한다.
"티베트 난민이 고향 티베트로 돌아가길,
더 나은 앞날이 펼쳐지길, 행복의 태양과 기
쁨의 달이 뜨길…"

"내 소원은 우리 티베트 망명자들이 우리 조국 티베트로
돌아가서 조국의 땅을 만지고 그 물을 마시는 겁니다."

눈물을 흘리는 소녀는 티베트에 부모님을 두고 홀로 이곳에 왔다. 그녀의 부모는 그녀가 온전한 티베트인으로 교육받고 자라길 바라는 마음으로 어려운 결정을 했다. 그녀의 소원 역시 모두가 고향으로 돌아가 조국의 땅을 만지고 그물을 마시는 것이다.

"머나먼 땅에서 내 조국을 바라보니 눈에 눈물이 차오릅니다. 이국땅에서 내 조국을 생각하니 눈에 눈물이 차오릅니다. 자유를 빼앗긴 채 돌아갈 곳 없어 눈에 눈물이 차오릅니다."

"제 간절한 희망은 조만간 뿔뿔이 흩어진 티베트인 모두
가 조국에서 다시 만나는 겁니다"

사람들은 다람살라에 옮겨놓은 '작은 티베트'에서 떠날 줄을 몰랐다. 릭돌은 이 흙을 통해 아이들에게는 조국을 선물했고 어른들에게는 고향을 선물했다. 그 안에서 티베트의 국민들과 티베트 밖을 떠도는 망명자들이 하나로 연결되었다.

더 큰 선물이 남아 있었다. 전시 마지막 날에는 누구나 흙을 가져갈 수 있게 했다. 사람들은 각자 티베트의 흙을 소중히 담아갔다. 다시 고향 땅을 밟을 때까지 그들에게 작은 위로가 되어줄 것이었다. 2만 킬로그램의 흙은 순식간에 사라졌다.

이 모든 장면을 바라보는 릭돌 일행의 마음은 어떠했을까.

감독 텐진도 지금까지와 다르게 홀로 카메라를 들지 않았다. 이 모든 기록을 좀 더 자세하고 많이 담아놓기 위해 많은 카메라를 불렀다.

2011년 10월 26일 아침, 감독 텐진은 그날을 이렇게 기억한다.

"릭돌은 모든 준비를 끝내고 티베트의 흙을 놓아둔 설치물 위에 앉았다. 전시가 시작되기 까지 몇 시간 남지 않았지만 릭돌은 매우 침착해 보였다. 긴 여행이 마침내 끝나자 비로소 안도한 것 같았다.

아침에 그 무대 위를 걸으면서 릭돌은 전날 밤 한숨도 못 잤다고 했다. 생길 수 있는 최악의 상황들이 계속해서 머릿속을 떠나지 않았다고 했다. 혹시나 자는 동안 인도 경찰이

들이닥쳐 모든 흙을 가져가버려 일어났을 때 아무것도 남지 않으면 어쩌나 걱정했다고 했다.

다행히 그런 일들은 일어나지 않고 몇 시간 후면 전시가 시작되어 흙을 가지고 오는 동안 그를 괴롭힌 모든 고통과 고민들이 사라지게 될 것이었다. 해가 뜨고 새 날이 밝자 다람살라의 골목마다 티베트 사람들이 쏟아져 나와 Tibetan Children's Village School로 전시를 보러왔다. 내가 기대한 것보다 훨씬 많은 사람이 흙을 보러 왔다. 미리 예고하지 못했지만 소문이 마을에 퍼져 모두가 그 흙을 보고 싶어 했다. 그 동네에서 나이가 가장 많은 노인도, 가장 어린 아이도 거기 있었다. 그들이 흙을 만지고 느끼고 그 위를 걸을 때마다 그들은 기쁨과 고통의 눈물을 흘렸다. 이 성스러운 티베트 땅의 흙을 만져볼 수 있다는 기쁨과 동시에 그들이 고향에서 아주 멀리 떨어져 있다는 고통스러운 사실 때문이었을 것이다. 말로 표현하기 어렵지만, 이를 테면 우리 모두는 결혼식과 장례식에 동시에 와 있는 듯한 기분이었다.

처음에는 나 혼자 이 전시를 촬영하려고 했다. 하지만 이 모든 상황을 자세히 담고 싶은 생각이 들어 다른 촬영자를 구해 도와달라고 했다. 이 행사에서 정말 많은 일이 한꺼번에 일어났고 도와줄 촬영자를 구한 걸 다행이라고 생각한다."

이 소식은 해외 토픽으로 실리기도 했다. 영화 속에 소개된 것처럼 BBC 〈월드 뉴스〉에서도 방영되었다. 티베트인들이 아니어도 고향의 흙을 밟기 바라는 마음에 공감하지 않을 수 없었기 때문이다. 이 흙을 밟아보는 남녀노소의 티베트인들의 표정 하나하나가 전 세계인들에게 뭉클한 감동을 안겨주었다.

릭돌과 그의 일행은 몰려든 사람들의 수를 세다가 그 숫자가 6000명이 넘자 세는 것을 그만두었다.

감독 텐진에게도 그 순간은 특별했다. 그의 아버지도 그곳에 있었기 때문이다.

아들이 이리저리 행사장을 뛰어다니며 촬영하는 동안 그의 늙은 아버지도, 한 명의 티베트 망명자로 고향의 흙을 만져보는 감격을 누렸다.

"그곳에 있던 모든 티베트 사람들처럼 나에게도 굉장히 특별한 날이었다.

내가 이 프로젝트에 몰두하면서 현재 티베트가 맞닥뜨린 상황에서 사람들이 이 흙을 보고 어떻게 반응할지, 또 이 행사가 얼마나 큰 의미를 가질지에 대해 큰 범위에서 생각했었다. 하지만 나는 가장 중요한 사람– 내 아버지를 빠뜨렸다. 내 아버지는 1959년에 티베트에서 탈출했고 다시는 돌아가지 못했지만 언제나 돌아가기를 꿈꾸고 계신다.이 전시가 있는 동안, 내 아버지도 다람살라에 계셨다.

그래서 그날 아침 내가 흙을 보러 온 사람들을 카메라로 열심히 촬영하는 동안 나의 77세 아버지도 그곳에 와서 티베트에서 온 흙에 무릎을 꿇고 기도를 올리셨다.

그 모습은 파도처럼 내 마음에 밀려왔다. 내가 이 프로젝트에 왜 참여하게 된 것인지 갑자기 모든 것들을 깨닫게 했다. 릭돌이 티베트 사람들에게 티베트를 가져다주었다면, 나는 나의 아버지에게 티베트를 선물했다."

릭돌이 이 프로젝트를 시작한 것은 아버지에 대한 그리움 때문이었지만 오히려 이 프로젝트를 진행하는 과정에서 릭돌로 하여금 고향에 대한 의미를 깨닫게 만들었다. 아마 돌아가신 릭돌의 아버지도 아들의 전시를 보고 계셨을 거라고 믿는다."

Vigil
철야기도

고향을 그리워하는 마음은 이어져 해가 진 후에는 티베트의 독립을 위해 분신을 택한 티베트 승려들을 위한 철야기도가 열렸다.

낮과는 또 다른 분위기의 엄숙한 분위기로 티베트의 독립을 기원하고 승려들을 기렸다.

영화에도 소개되었던 릭돌의퍼포먼스 역시 이들을 기리기 위한 작품이었다.

"더 많은 이들이 시위를 계속 하고 있습니다

분신 시위가 끊임없이 이어지고 있죠. 현재 그 수는 약

백 명에 다다랐습니다."

영화에도 짧은 장면으로 등장하는 분신하는 티베트의 승려들. 티베트 독립을 염원하는 젊다 못해 어린 승려들에서부터 나이든 승려까지 독립을 외치는 분신이 계속해서 이어지고 있다. 그 숫자는 릭돌이 이 퍼포먼스를 하는 동안 이미 100명이 넘어갔다. 릭돌은 어둠 속에서 성냥불을 하나씩 밝히며 그들의 이름을 하나 하나 부르는 퍼포먼스를 했다.

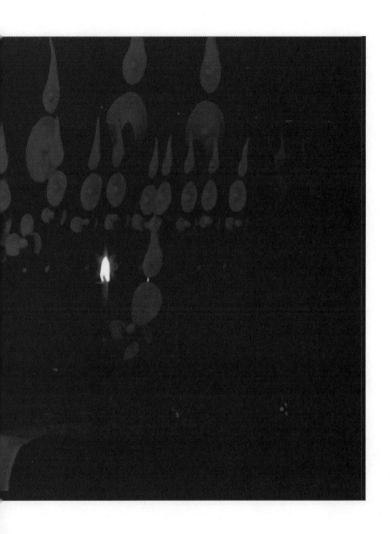

"15만 티베트 망명자는 전 세계에 흩어져 있고 인도에 가장 밀집해 있다. 14대 달라이 라마는 24세 1959년에 티베트를 떠나왔다. 흙 전시는 3일간 이어졌고 마지막 날에는 누구나 흙을 가져갈 수 있게 했다. 2만 킬로그램의 티베트 흙은 순식간에 사라졌다."

행사 관련 기사

퍼포먼스는 끝이 났지만 이에 대한 이야기는 계속 이어졌다. 아래의 기사는 월스트리트 저널에 실린 전시에 대한 기사다. 다른 세계의 사람들에게 이 전시가 어떻게 보여졌는지 알려준다.

티베트의 흙을 인도로 가져오는 방법-월 스트리트 저널

How to Smuggle Tibetan Soil to India - THE WALL STREET JOURNAL

- By Margherita Stancati - May 25, 2012

지난 10월, 예술가는 20톤의 흙을 중국의 티베트인 지역에서 밀반입해 달라이 라마와 티베트 망명자들이 살고 있는 히말라야 언덕에 위치한 마을 다람살라의 농구 코트에 배치

했다.

이 마법 같은 일 뒤에 있는 아티스트 텐징 릭돌은 어떻게 중국 공안을 피해 그 많은 양의 흙을 인도로 성공적으로 밀반입했는지에 대해서는 계속 입을 다물었다. 인도 신문과의 인터뷰에서 "첫째 날부터 힘든 프로젝트였다"고 말할 뿐 더 이상의 언급을 피했다.

릭돌의 죽마고우인 티베트인 영화제작자 텐진 체탄 초클리는 이 과정을 모두 기록했고 지금은 어떻게 인도로 흙을 가져왔는지에 대해 영화로 자세히 설명하려고 한다.

지금은 뉴욕에서 살아가는 이 둘은 그들이 태어난 인도의 티베트 난민 학교의 꼬맹이 시절 처음 만났다. 다큐멘터리 영화 〈Bring Home: 아버지의 땅〉은 현재 제작 중이고 올해 말 개봉 예정이다.

　　얼마 전 공개된 이 영화의 예고편은 릭돌이 전화기를 붙잡고 어딘가에 저장된 흙자루들과 "국경 옆에 숲에 숨겨둔" 것에 대해 말하는데, 이것은 국경에서 흙이 밀반입되었다는 것을 알려준다. 우리는 그가 언급한 아마도 인도와 네팔 사이의 중국 산악 국경에 대해 알려면 영화가 개봉할 때까지 기다려야 한다.　사실 이것은 티베트인들이 인도로 오는 일반적인 방법이다.

　　영상에서는 밤에 트럭에 실려 목적지로 도착한 자루에 담긴 흙을 검사하는 릭돌이 보인다. 이것은 예술 프로젝트를 넘어 도전적인 행위에 가깝다. 뉴욕에 사는 릭돌은 이제 티베트 망명인들에게 티베트의 흙을 그들의 발로 밟아볼 수 있는 기회를 주어야겠다는 명확한 목표가 있다. 그는 그의 아버지를 생각하며 이 아이디어를 떠올려냈다.

많은 티베트인들처럼, 릭돌의 아버지는 1950년대에 달라이 라마를 탈출하게 만든 그 주요 중국군의 탄압으로부터 도망쳐나온 사람이다. 그의 아버지는 미국으로 이사 오기 전에 히말라야를 건너 네팔에 정착했다. 그는 티베트에 다시한 번 가보는 게 소원이라 늘 말했지만 그러지 못한 채 세상을 떠났다.

이 설치예술은 티베트의 태양 국기의 이미지를 만들기 위해 모래를 사용했다. 그것은 망명된 채 태어난 어린아이들부터 수십 년 전 티베트에서 도망쳐온 어른들을 포함한 대규모의 사람들을 끌었다.

1950년대부터 인도에 자리 잡은 달라이 라마는 그 흙을 축복하며 손가락으로 그 위에 '티베트'라는 단어를 썼다.

영화가

될 운명

텐진의
영화 제작

감독 텐진은 이 모든 일을 마치고 지금까지의 기록과 함께 뉴욕으로 돌아왔다. 그는 지나온 기록들을 찬찬히 돌려보았다. 애초에 영화를 만들려고 생각한 것은 아니었지만 그가 기록해온 것이 영화가 될 수 있음을 문득 깨닫게 되었다.

하지만 계획적으로 찍은 것이 아니었기 때문에 편집해야 할 분량은 많았다. 게다가 함께 일하는 편집자들은 영어권 사람들이었으므로 기록 중간에 등장하는 티베트어는 이해하지 못했다. 감독 텐진은 그들을 위해 여러 가지 언어들을 영어로 번역하면서 기록들을 정리해야 했다. 마치 티베트의

흙을 가져오는 것과 비슷한 기다림의 시간이었다.

동시에 영화에 등장하는 릭돌의 인터뷰 장면과 작업실을 찍는 등의 촬영을 진행했다. 진행하는 비용을 위해 제작비 모금도 진행했다. 평소 달라이 라마와 친분이 알려진 리처드 기어의 재단에서도 도움을 받았다. 뉴욕에서의 후반 작업 비용이 부담된 감독 텐진은 레코딩 작업을 한국에서 하게 되었다. 다행히 한국 영화 학교에서의 인연들이 이어져 만족스럽게 마칠 수 있었다.

　마침내 어느 정도 영화의 만듦새가 갖추어지자 감독 텐진은 부산국제영화제에 출품했다. 자신과 한국과의 인연을 떠올리며 다른 곳이 아닌 부산국제영화제에 제일 처음으로 상영되기를 바랐다.

　감사하게도 영화제 측에서 초청을 해주었고 릭돌과 감독 텐진은 다시 부산을 방문을 할 수 있게 되었다. 부산에서 상영하는 것이 '월드 프리미어' 그러니까 세계에서 제일 먼저 상영하는 것이었다.

영화에 대한
반응

감독 텐진은 부산에 다시 오게 되어 기쁘면서도 상영 전에는 약간 긴장했다고 했다. 한국어 자막이 달린 자신의 영화를 관객들이 좋아해주기를 바랐다.

부산국제 영화제에서 발간하는 신문에서 감독 텐진의 영화를 아래와 같이 다루었다.

뿌리를 찾아서 – 〈Bring Home: 아버지의 땅〉
2013년 10월 6일 제 18회 부산국제영화제 리뷰 데일리
Anke LEWEKE (비평가)

예술의 진정한 본질은 무엇인가? 무엇에 예술가를 퇴짜 놓는가? 그들은 어디에서 영감을 찾는가? 그들은 누구를 열망하는가? 혹은 그들의 타깃은 누구인가? 그리고 언제부터 예술이 정치가 되었나? 텐진 체탄 초클리는 이러한 모든 이슈를 그의 다큐멘터리 〈Bring Home: 아버지의 땅〉에서 쫓는다. 이 영화는 작가 텐징 릭돌의 뉴욕 티베트 생활의 초상이다. 그의 부모는 티베트에서 도망 친 후, 그를 카트만두에서 낳았다. 그곳에서 그는 학교를 다니다가, 그가 지금 살고 미국 퀸스로 부모님과 함께 이주했다.

릭돌의 예술은 자신의 뿌리에 대한 탐사, 그의 출신에 관해 찾아가는 이야기로 이해될 수 있다. 그러나 동시에 그의 작품은 티베트를 독립국가로 인정하기를 거부하는 중국 정부와의 중요한 대결도 보여준다고 생각된다. 감독은 몇 년간 지속된 대규모 탈출과 그들 자신을 불구덩이로 내몰며 노력한 승려들의 저항 행동들을 보여주는 기록 장면들을 사용해 상기시켜준다.

릭돌의 그림들은 그의 고향에 있는 사원 건물들의 색처럼 밝은색을 사용한다. 거기에 그는 서양 기호들과 상징들을 호랑이와 용과 같은 그의 불교적 모티프들에 접목했다. 그리하여 그는 미키마우스를 그림 중간에 마치 부처처럼 앉히고 전통 티베트 그림인 만다라를 연상케 하는 복잡한 테두리 장식으로 프레임을 만든 것을 볼 수 있다. 또는 그가 부처의 머리 사진과 볼리우드 배우의 사진을 바탕으로 두개골로 전통적 모티프를 배치함으로써 몽타주를 함께 넣어 만들기도 한다.

릭돌의 그림은 그와 그의 부모님들이 살면서 반복적으로 경험해온 문명의 충돌을 강하게 표현한다. 그의 부모도 그들이 지금 살고 있는 나라에서 새로운 집을 진정으로 찾았다고 보여지지 않는다. 그의 아버지는 미국 시민이 되지 못했고 그의 영주권은 녹색 카드였다.

텐진 체탄 초클리는 때때로 부모님의 조국에 대한 열망과

국가에 속하고 싶어 했던 유년 시절의 오래된 사진들을 혼합해 보여준다. 릭돌의 아버지가 그가 태어난 나라를 볼 수 없는 채로 몇 년간 고통의 시간을 지나 암으로 돌아가셨을 때, 릭돌은 특별한 예술 이벤트를 기획하는 독창적인 아이디어를 가지고 있었다. 세상은 릭돌의 아버지와 같은 사람들로 차 있고, 그 세계의 전반에는 그들이 나고 자란 혹은 다시 한 번 가고 싶은 그곳으로 돌아가기를 갈망하는 Diaspora 티베트인들이 있다.

릭돌은 만약 그들이 조국에 가볼 수 없다면, 조국의 흙이라도 그들에게 가져다주어야겠다고 결심한다. 그리고 그는 말 그대로 진심이다! 수많은 티베트 난민들은 인도 북쪽 다람살라에 살고 있다. 릭돌은 이 지역에 독창적인 설치 예술을 계획하고 추방당한 티베트인들이 그들의 조국의 흙을 한 번이라도 밟고 느낄 수 있도록 2만 킬로그램에 달하는 티베트 흙을 인도 북쪽의 그 지역으로 가져오길 원한다.

감독 텐진 체탄 초클리는 릭돌의 영웅적이기보단 시적인 이 프로젝트에 함께한다. 모험은 시작되고 그 과정을 함께 밟는다. 공안에게 그 프로젝트에 대해서 아무것도 들키지 않으면서 그들의 보조들과 운전사들을 찾아야만 한다. 준비를 위한 미팅들에서 마저 몰래 카메라로 촬영될 수밖에 없었다. 오랜 기다림은 엄청난 인내를 요구한다. 그러나 영화는 릭돌이 티베트 망명인들의 삶의 터전이자, 그의 유년 시절의 장소에 가는 모습을 포착할 기회를 잡아낸다.

궁극적으로 이 영화는 움직이는 문서라고 할 수 있다. 릭돌의 설치 예술을 위한 아이디어는 즉시 불가능한 아이디어가 된다. 하지만 끝내 이것은 반전 스토리가 되어 결국 성공적으로 흙을 티베트 밖으로 끌고 온 밀수업자의 경로를 통해 티베트의 흙을 성공적으로 옮긴다. 그 후, 우리는 조국에 대한 깊은 애착의 끈끈함이, 그리고 사람들의 감정적인 공동체가 얼마나 깊은지 다시 한 번 명백히 느낄 수 있다.

추신, 예술가와 감독은 서로 어린 시절부터 알아왔다. 망명인들의 아들인 둘은 인도에서 같은 초등학교에 다녔고, 그후 텐진이 뉴욕으로 이사 온 2009년에 그들은 다시 만났다.

　부산을 시작으로 감독 텐진은 수많은 영화제에 초청되어 상영할 기회를 가졌다. 영화를 준비한 기간보다 더 긴 시간 동안 많은 영화제에서 그의 영화를 원했다.

　그리고 감독 텐진은 뜻밖에 새로운 제안을 받게 된다. 바로 한국에서 그의 영화를 개봉하자는 것! 많은 곳에서 상영을 하긴 했지만 개봉을 하게 될 거라고, 특히나 자신과 인연이 깊은 한국 관객들을 위한 개봉이라는 것에 놀랐다. 그 제안은 한국 상업 영화의 프로듀서인 송대찬이 먼저 제시했다.

참여 영화제 및 수상 내역

BRINGING TIBET HOME Awards and Festivals AWARDS

PRIX DU JEUNE JURY EUROPÉEN 27th Festival International de Programmes Audiovisuels (FIPA) Biarritz, France 2014 EMERGING DIRECTOR 37th Asian American International Film Festival New York, USA 2014 LHAKAR AWARD FOR ART Students for a Free Tibet New York, USA 2014 FESTIVALS

18th Busan International Film Festival, Busan, South Korea 2013 22nd Brisbane International Film Festival, Brisbane, Australia 2013 27th Festival International de Programmes Audiovisuels (FIPA) , Biarritz, France 2014

CAAMFest, San Francisco, USA 2014 37th Asian American International Film Festival, New York, USA 2014 Buddhist Film Festival Europe, Amsterdam, Netherlands 2014 6th Tibet Film Festival, Zurich, Switzerland 2014 Dharamshala International Film Festival, India 2014 Telas Festival Internacional de Televisão de São Paulo, Brazil 2014 Human Rights and Human Wrongs Film Festival, Oslo, Norway 2015 Festival Markets

IFP presents American Independents in Berlin (EFM 64th Berlin International Film Festival) 2014 IDFA (International Documentary Film Festival, Amsterdam) Docs for Sale 2014

좋은
소식

송대찬 피디

(영화 〈초능력자〉, 〈감시자들〉, 〈검은 사제들〉 피디)

〈브링 홈:아버지의 땅〉 개봉을 앞두고

나는 연도를 내가 작업한 영화들로 구분하는 버릇이 있다. 내가 처음 이 영화에 대해 얘기를 들은 것은 2013년 초였다. 그때는 영화 〈감시자들〉을 촬영할 때였다.

영화 〈브링 홈: 아버지의 땅〉 감독 텐진의 한국영화아카데미 동기인 박지완 감독이 그가 믹싱을 하러 전주에 와 있어 잠깐 보러 다녀왔다고, 굉장히 좋았다고 했다. 사실 그 당시에는 티베트에 대한 아무런 지식도 없는 상태인 데다,

촬영으로 정신이 없어서 듣고 나서 자세한 걸 물어보지 못하고 잊고 있었다.

　다행히 그해 이 영화가 19회 부산영화제에 초청되어 볼 기회가 생겼다. 내가 잘 알지 못 하는 이야기에, 다큐멘터리 장르라는 이유 때문에 크게 기대는 하지 않았다. 오히려 평일 대낮의 상영관에는 영화제를 찾은 관객들의 반응이 궁금했다. 아마 그들도 나처럼 티베트에 대해 잘 알지 못할 터였다. 그리고 상영관의 불이 꺼지고 나는 이 영화에 반했다.

　영화는 내가 지레짐작했던 알 수 없는 세계에 대한 이야기가 아니라, 나에게는 처음엔 '아버지와 아들'에 대한 이야기로 다가왔고, 더 크게는 고향에 대해 이야기하는 영화였다. 또 영화 속의 퍼포머스를 떠올리고 계획해서 이루어낸 텐징 릭돌의 용기에 감동했다. 그들의 이야기에 대해 더 많이 알고 싶어졌다. 함께 본 영화제 관객들 역시 마찬가지 생각이었는지 '관객과의 대화'에 참여한 주인공 텐징 릭돌과 감독 텐진에게 많은 질문을 던졌다. 중년의 부인은 자신의 할아버지 얘기를 하면서 분단으로 인해 우리에게도 '갈 수 없는 고향'이 있고 그로 인해 더 많은 공감을 했다고 말했다. 학생 관객은 현대미술가가 벌인 퍼포먼스에 짜릿함을 느낀 듯했다.

나중에 만난 감독 텐진이 해준 얘기는 더 재미있었다. 사실 이 모든 영상이 영화를 만들고자 찍은 것은 아니라고, 자신과 똑같이 티베트 망명 2세인 친구가 굉장히 흥미롭지만 위험한 퍼포먼스를 진행하는 중에 체포되거나 심지어 실종될 경우에 대비해 릭돌이 나쁜 의도가 전혀 없었다는 것을 증명하기 위해 모든 상황을 찍어두어야 한다고 느껴서 함께하게 되었다고 했다. 영화에도 나오듯 예상보다 훨씬 긴 기간이 지나고 전시를 성공적으로 마친 후 뉴욕에 돌아왔을 때, 찍어둔 장면들을 보면서 어쩌면 자신의 기록이 영화가될 운명이라고 느꼈다고 했다.

그래서 당장 편집에 들어갔다고 했다. 그러나 계획적으로 찍은 것은 영상도 아니고 티베트어와 영어, 네팔어 등등이 섞여 있는 기록들을 정리하는 데에는 더 오랜 시간이 걸렸다. 많은 도움을 받았지만 뉴욕에서의 작업은 비용이 많이 들었고, 결국 자신이 영화학교를 다닌 한국에 돌아와서 믹싱을 마칠 수 있었다고 한다.

그는 한국과의 인연이 시작된 부산영화제에 초청받았다는

사실에 굉장히 기뻐하고 있었다. 자신이 좋아하는 나라, 한국의 제일 큰 영화제에서 한국어 자막으로 사람들이 본다는 사실이 떨린다고도 했다.

그 자리에서 나는 영화 속에서 궁금했던 부분들을 꼬치꼬치 물어보았다. 어쩌면 내가 티베트 문화와 불교에 대해 무지해 알지 못했던 부분들로 인한 질문도 많았지만 텐진은 최선을 다해 설명했다. 나는 그 대답을 듣고 나자 영화가 더 재미있게 느껴졌다(텐진은 한국에서 공부했기 때문에 한국어 실력이 좋았다. 본인은 뉴욕에 있는 동안 많이 까먹었다고 했지만 한국말로 얘기해도 잘 알아들었다. 내가 못 알아듣는 부분이 있으면 종종 그의 입에서 한국말 단어가 튀어나왔다). 밤새워 이야기가 이어지는 동안 나는 달라이 라마께서 아직 우리나라에 방문하기 전이라는 사실은 처음 알게 된 것이 조금 부끄러웠다.

　부산영화제 이후 서울에 돌아와서 나는 이 영화에 한국 사람들의 이해를 돕기 위한 한국어 내레이션 버전을 만들면 어떨까 하는 생각을 했다. 내가 텐진에게 물어본 티베트 난민들의 상황들과 그들의 역사, 문화에 대한 설명을 덧붙이면 분명히 더 재미나게 영화를 볼 수 있을 것이라는 생각이 들었다.

　운명이었는지, 우연인지 내가 피디로 참여한 영화 〈감시자들〉이 샌프란시스코에서 열리는 영화제에 초청되었고 텐진의 영화도 그곳에서 상영하게 되어 우리는 다시 샌프란시스코에서 만날 수 있었다. 나는 한국어 버전에 대해 구체적인 나의 의견을 얘기했다. 텐진은 나의 얘기에 몹시 기뻐했다. 그 당시 부산영화제 이후로도 다른 영화제에서 초청이 이어지고 있었지만 개봉할 여건은 마련되지 않은 상태였다. 그는 한국에서 개봉하게 된다는 사실에 흥분했다.

　그사이 주인공 텐징 릭돌은 메트로폴리탄 미술관에서 열리는 티베트 현대미술 초대전에 전시를 앞두고 있어 나의 계획은 그들에게 몇 배 기쁜 소식이었던 것 같다. 샌프란시스코 영화제를 기념하는 시끌벅적한 퍼레이드 사이를 걸으면서 우리는 서로를 응원하며 헤어졌다.

　하지만 서울로 돌아와 막상 그 계획을 실행하는 일은 쉽지 않았다. 영화 〈브링 홈: 아버지의 땅〉에서 텐징 릭돌이 퍼포먼스를 처음 계획할 때 그랬던 것처럼 나도 친하게 지내던 사람들에게 도움을 청했다. 평소 친하게 지내는 형이자 그 당시 영화 〈표적〉을 만들고 있던 박태준 피디와 처음이 영화를 소개해준 박지완 감독, 그리고 이자은 피디가 이 계획에 합류했다. 티베트 관련 프로그램을 만들어본 경험이

풍부한 임미랑 작가님을 만나고 김민종 배우가 흔쾌히 내레이션을 맡아주겠다고 했다. 게다가 김민종 배우는 모든 개런티를 티베트 난민을 위해 기부하겠다는 의사를 전했다. 내레이션 녹음 직후에는 브라질 월드컵 관련 예능 프로그램을 위해 바로 브라질로 출국하는 빡빡한 스케줄에도 웃으면서 녹음에 임해준 그의 모습에 우리 팀 모두가 감동했다.

그 와중에도 한국에서 다큐멘터리는 인기 없는 장르이기도 하고, 낯선 땅 티베트에 대한 영화를 이렇게 많은 사람들의 도움, 나쁘게 말하면 신세를 지면서까지 왜 개봉하려고 하는지 묻는 사람도 많았다. 그런 얘기를 들을 때마다 우리의 노력에도 불구하고 개봉을 못 하면 어떡하나 걱정도 있었다. 나는 영화 속 릭돌과 달리 종교가 없지만 나 역시 기도하듯 한 가지 생각에만 매달렸다. 왜 내가 처음 이 영화를 좋아하고 한국 버전으로 만들려고 했던가. 무엇보다 우리 팀 모두가 그 버전의 영화를 많은 사람들과 함께 보고 싶었기 때문이다.

영화를 만드는 일은 직업이기도 하지만 동시에 그 과정에서 많은 것을 배우고 느끼게 된다. 영화 〈브링 홈: 아버지의 땅〉을 만들면서 내가 모르고 지낸 세상과 그 사람들의 아름답고 치열한 이야기를 더 많이 듣고 보고 느낄 수 있었다.

슬프지만 우습게도 나는 북한에 가볼 수 없지만 이제 미국 국적인 텐진과 릭돌은 북한에 가볼 수 있을 것이다. 텐진과 릭돌은 중국의 영토인 티베트에 갈 수 없지만, 나는 당장 내일이라도 갈 수 있다. 이 모든 일이 시간이 지나면 바뀔 수 있을까. 부정적으로 생각하면 끝이 없지만 텐진과 릭돌이 보여준 어떤 태도는 신기할 정도로 희망적이고 긍정적이었다. 이 영화를 보는 많은 관객 역시 그 좋은 기운을 받아

갔으면 좋겠다.

이 영화를 관객과 만날 수 있도록 함께한 많은 스태프와 도움 준 사람들에게 감사한 마음을 전한다. 그리고 이 영화의 관객들, 그리고 이 책을 읽는 모든 분에게 행복의 태양과 기쁨의 달이 뜨길 기원한다.

에필
로그

　감독 텐진은 전시가 끝나고, 영화의 상영까지 마치고 나자 시간이 훌쩍 지난 것을 발견했다. 그동안 그의 인생에도 몇 가지 커다란 변화가 있었다.

　무엇보다 다람살라의 전시에도 함께한 아버지가 올해 초에 돌아가셨다. 그는 이 여정을 마무리하면서 아버지에 대한 그리움에 대해 글을 보내왔다.

모든 여정을 마치고

2013년 10월 부산국제영화제에서 이 영화를 처음 공개

한 후, 저는 다른 많은 세계의 여러 곳을 다니며 수많은 상영을 했습니다. 모든 상영의 기회를 통해 저는 우리의 이야기를 다양한 문화와 배경을 가진 사람들과 나눌 수 있었습니다. 수많은 사람들에게 느껴지는 긍정적인 반응과 사랑을 느끼면서 굉장히 긴장되고, 신나고 행복했습니다.

세상이 여전히 다른 사람들에게 공감하는 방법과 어려움을 겪은 사람들과 마음을 나누는 일을 잊지 않았다는 것을 발견할 때마다 큰 기쁨을 느꼈습니다.

그 경험들은 저에게 인간애에 대한 희망을 주었습니다. 상영이 이어질 때마다 저는 영화를 본 관객들과 이야기를 나누는 시간을 가질 수 있었습니다. 그때마다 누군가 그 시간이 끝나고 찾아와 티베트 난민들의 이야기와 자신들의 이야기가 어떻게 연결되어 있는지 알려주었습니다.

부산에서는 한국 관객들이 한국 전쟁 이후 생겨난 실향민들에 대해 얘기해주었고, 멕시코에서는 미국으로 밀입국해 만날 수 없는 멕시코인 가족들의 생이별에 대해 이야기해주었습니다.

제가 다른 곳에서 들은 많은 이야기와 마찬가지로, 저에게는 이 영화를 보여주고 얘기를 나누는 것이 문화와 이슈들 사이의 다리가 되어준다는 것을 깨닫게 되었습니다.

올해 2월 초에 나의 사랑하는 티베트 난민 출신 아버지가 82세로 미국에서 돌아가셨습니다.

아버지가 돌아가시기 얼마 전, 저는 아버지 곁에서 가능한 한 많은 시간을 보내려고 했고 그의 마지막 시간들이 의미 있는 시간으로 기억되기를 바랐습니다. 또 어떤 면에서는 종교적으로 그가 다음 생애에 들기 쉽게 내가 도울 수 있기를 바랐습니다.

아버지가 돌아가시고 몇 주 후에 아버지의 디지털 카메라 내용을 백업하고, 사진과 동영상을 정리하던 중에 2011년 다람살라에서 아버지가 찍은 동영상을 발견했습니다.

아버지는 텐징 릭돌이 티베트에서 가져온 흙 위를 걷고 있었습니다. 영상 안에서 나는 그 장면을 묘사하는 아버지의 목소리를 들었습니다.

"이것은 티베트의 땅이고, 이것은 내 조국의 흙이다….."

그 영상을 보고 아버지의 목소리를 들으면서 나는 거대한 감정이 밀려와 눈물을 멈출 수 없었습니다. 그것은 마치 내 인생이 한 바퀴를 돌아 제자리로 돌아온 것 같았고, 동시에 되돌릴 수 없는 것 같았습니다.

다시 한 번 텐징 릭돌이 다람살라로 흙을 가져다준 것에 감사한 마음을 느꼈습니다. 나의 아버지와 같은 사람들에게 준 선물이 고마웠습니다.

그 후, 나는 내 아버지의 인생 내내 겪어야 했던 모든 일에 대해 생각하기 시작했습니다. 그 생각들을 결국 그가 자신이 태어난 곳에서 아주 멀리 떨어진 곳에서 생을 마감해야 했다는 사실에 다다르게 되었습니다.

내 아버지의 인생을 머릿속에서 상상해보았습니다. 그가 10대였을 때 라싸의 고향 마을을 떠나, 달라이 라마를 모시기 위해 티베트 군대에 들어갔을 때를 떠올려봅니다. 또 아버지가 망명자로 부탄과 인도 국경을 넘을 때를 생각해봅니다.

내 아버지가 다시 언젠가 고향에 돌아갈 것을 꿈꾸며 보냈을 인도에서의 인생을 생각해봅니다. 그리고 아버지가 자신의 생애 동안 고향에 다시는 돌아갈 수 없다는 것을 알게 되었을 때의 기분이 어땠을지를 생각합니다.

아버지는 고통스러워했을까요, 아니면 아버지가 언제나 그렇듯이 자신이 어쩔 수 없는 세상의 변화를 받아들인 방식으로 품위 있게 받아들였을까요.

이런 생각들은 나를 슬프게 하는 동시에, 그가 이 모든 것에도 불구하고 얼마나 품위와 균형을 가지고 있었는지, 아버지가 그의 인생의 어떤 상황에서도 최대한의 연민을 가지고 주위 사람들과 그가 인생에서 만난 모든 사람을 대했는지에 대해 생각합니다.

티베트의 산으로부터, 인도의 뜨거운 벌판을 거쳐 자유의 땅 미국에 이르기까지, 나의 아버지는 겸손하고 심플한 인생을 믿음과 희망으로 채워왔습니다.

아버지가 돌아가신 다음 달, 3월에 아버지의 유해를 가지고 형제들과 인도로 순례를 떠났습니다. 우리는 아버지의 49제를 아버지가 대부분의 인생을 보낸 다람살라에서 치르고, 인도의 하르드와르에서 아버지의 유해를 갠지스 강가에 뿌리며 마지막 작별 인사를 전했습니다.

아버지는 돌아가시기 전, 나와 내 형제들에게 티베트에 여전히 살고 있을 아버지의 가족과 친척들에 대해 얘기해주었습니다. 아버지가 비록 지금 여기 계시지 않아서 언젠가 그들을 만날 수 없다고 해도, 나는 어느 날, 꼭 티베트에 가서 아버지의 친척을 만날 계획입니다.

Bring Home:
브링홈
아버지의 땅

1판 1쇄 인쇄 2016년 8월 26일
1판 1쇄 발행 2016년 8월 31일

원작 텐진 체탄 초클리
글 박지완

발행인 김성룡
편집 · 교정 박소영
디자인 조성윤

펴낸곳 도서출판 가연
주소 서울시 마포구 월드컵북로 4길 77, 3층 (동교동, ANT빌딩)
구입문의 02-858-2217
팩스 02-858-2219

ISBN 978-89-6897-028-3   03810